UN CADEAU

ELIANE GIRARD

UN CADEAU

roman

BUCHET • CHASTEL

ISBN : 978-2-283-02580-2

« Il faut savoir le prix de l'argent :
les prodigues ne le savent pas et les avares
encore moins. »

Montesquieu

À Mylo

Ce jour-là, Félicien s'était levé tôt et n'avait pas attendu la troisième sonnerie du snooze pour s'extraire de sa couette. Il avait un projet ou plutôt une obligation ou plutôt un challenge, enfin une mission très importante à remplir. Le lendemain était le jour de l'anniversaire de Laure et il n'avait pas de cadeau.

Félicien avait un plan. Il avait – habilement pensait-il – interrogé sa chérie ces derniers jours sur la nécessité de changer de portable, sur son envie d'un manteau en velours, sur son désir de fabriquer son pain, sur ses velléités à prendre des cours de cuisine avec un grand chef. Elle ne s'était rendu compte de rien. Félicien aimait Laure, il voulait surtout ne pas la décevoir avec un cadeau banal, inutile, sur lequel elle se serait sentie obligée de s'extasier. Laure était une fille bien élevée qui n'aimait pas faire de peine. Ce qui rendait l'épreuve du cadeau d'autant plus redoutable.

Félicien le savait, il aurait dû s'y prendre plus tôt. Se donner le temps de trouver l'objet rare. Mais souvent Félicien savait comment agir et ne s'y conformait pas. Par flemme. Il était inconséquent. C'était en tout cas ce que lui avaient toujours répété ses professeurs, sa mère et maintenant sa chef de service. Vous avez du talent, Félicien, mais vous êtes inconséquent. Vous ne suivez pas vos idées. C'est dommage. Avec un peu plus de persévérance, vous pourriez prétendre à plus. C'est ainsi que Félicien se retrouvait toujours à devoir tout faire à la dernière minute. D'une certaine manière, il aimait ça et se voyait comme un sprinter. Vite parti, vite arrivé. Il aimait le côté joueur de la chose.

Après avoir pris une douche et s'être rasé, il avala un thé brûlant pour se donner le courage d'affronter la température négative de cette matinée d'hiver. Pourquoi

Laure n'était-elle pas née en juillet ? Aller faire des courses à cette époque aurait été une partie de plaisir, une promenade. Il aurait pris un expresso à la terrasse du Balto en regardant les gens pressés se rendre au travail, il aurait certainement marché jusqu'à l'arrêt de bus, il aurait attendu sans s'énerver, profité de la légèreté de l'air et de la chaleur du soleil pas encore brûlant, bavardé avec une vieille dame pleine de malice. Peut-être lui aurait-il demandé conseil, elle aurait répondu : Vous savez, moi, je suis trop vieille, je ne sais pas ce qui peut plaire à une jeune femme d'aujourd'hui. Et puis elle aurait ajouté : Si vous l'aimez, vous ne vous tromperez pas. Rien n'est trop beau pour l'être cher et un rien est merveilleux.

Quand le bus serait arrivé, il aurait aidé la vieille dame à monter. Il se serait assis au fond – son endroit favori – et aurait profité du paysage. Il serait descendu à Saint-Germain et aurait flâné dans les ruelles, à la recherche d'une boutique tendance qui ne propose que des vêtements de créateurs. Une vendeuse sympa, limite anorexique et très professionnelle, l'aurait conseillé et il serait reparti avec un joli sac en papier siglé contenant le cadeau le plus hype de l'année.

Mais on était le 3 décembre. Il neigerait en fin de journée. Pour le moment, une petite bruine insidieuse occupait le terrain. Félicien allait prendre le métro.

Pragmatique, il avait opté pour le plus simple : les grands magasins. On trouve tout dans les grands magasins et il savait qu'une certaine veste avait tapé dans l'œil de Laure. Pour être franc, il était sûr de régler l'affaire en moins d'une heure. Cette certitude relativisait son inconséquence. Comme il savait qu'il le trouverait, pourquoi faire moisir le cadeau au fond d'un placard ? Laure aurait sans doute fini par mettre la main dessus. C'est quoi ce cadeau, mon cœur ? Il aurait été obligé de mentir – ce qui n'aurait pas manqué d'entraîner un certain nombre de questions : Tu as une maîtresse ? Mais l'anniversaire de ta mère est dans plus d'un mois ? Ou il aurait été contraint de lui dire la vérité, ce qui aurait nui à l'effet de surprise – sans compter qu'offrir un cadeau en avance peut porter grandement malheur. Un achat la veille le protégeait de tous ces tracas.

À neuf heures, il avait pris sa douche et son café, à dix heures, il poussait les portes des Galeries. À dix heures dix, il était au stand Clothes to me, à dix heures douze, il repérait la veste en tweed que convoitait Laure. À dix heures treize, il cherchait frénétiquement la taille 38. Deux minutes plus tard, il fallait bien qu'il se rende à l'évidence : il n'y avait plus que du 44 et du 46. À dix heures seize, l'espoir renaissait quand une vendeuse, un sourire accroché aux lèvres, s'était approchée de lui. Puis-je vous aider, monsieur ? Vous cherchez quelque chose de précis ? Il lui fit sa demande. Je vais voir si j'en ai encore en réserve, je n'en ai pas pour longtemps. Trois minutes plus tard, elle était de retour. Il la suivait du regard. Son grand sourire toujours accroché aux lèvres, elle s'avançait vers lui les bras chargés d'une dizaine de vestes en tweed. Il était aux anges, sa mission était remplie. Il se voyait déjà au Grand Café attablé devant un thé au miel et profitant du reste de sa matinée à lire le journal qu'il n'achète jamais normalement car il n'a pas le temps de le lire. Je suis désolée, monsieur, il ne me reste plus que des grandes tailles ou du 34. Elle souriait et lui se liquéfiait. Peut-être en reste-t-il dans une autre de nos boutiques, je peux me renseigner si vous voulez ? Bien sûr, Clothes to me avait une bonne dizaine de boutiques dans Paris, ce n'était là qu'un petit accroc, et dans une heure la veste serait bien rangée dans un sac au bout de son bras. Elle posa sa charge sur un comptoir et commença à pianoter sur son ordinateur. Elle souriait toujours. Peut-être ne pouvait-elle pas faire autrement, peut-être était-elle victime d'un lifting raté qui l'empêchait de fermer la bouche, peut-être avait-elle un défaut à la lèvre supérieure ou dans le palais ou aux gencives. Elle pianotait et secouait la tête de gauche à droite en souriant. Il était déjà dix heures et demie quand elle releva la tête. Malheureusement, je crois que nous sommes en rupture de stock. C'est un modèle qui a très bien marché et le 38 est la taille la plus courante. Vous voulez que je regarde dans nos boutiques de province ? Non. Il avait peu de chance de pouvoir faire l'aller et retour à Marseille ou à Lyon d'ici midi. Merci, vous êtes bien aimable. Sa voix était bizarrement aiguë. Il partit dépité. Il lui restait un plan B, plus flou mais jouable. Comme beaucoup de ses consœurs, Laure s'entichait de certaines marques. Parfois ça durait une saison, parfois plus. Laure adorait les créations de Peter Smith. C'était du haut de gamme. Après tout, elle avait trente ans le lendemain, ça méritait qu'il fasse un effort. Ragaillardi par cette perspective il marcha d'un bon pas vers la boutique de Peter qui se situait au même étage. Peter Smith, si vous ne le savez pas, est LE créateur anglais le plus tendance du moment. Il a construit sa réputation sur une ligne de vêtements aux formes épurées, aux coloris sobres, taillés dans des matières nobles, le tout allié à une légère déstructuration. Lui-même est toujours habillé du même complet gris anthracite étroit, d'une chemise blanche et d'une petite cravate ficelle de couleur noire. Il a le teint hâve, la barbe de trois jours et une maigreur de mannequin. Laure est une adepte de la sobriété. Elle n'aime que les couleurs sombres : le noir, le chocolat et le taupe. Mais pas le bleu marine qu'elle exècre parce qu'elle a passé toute sa scolarité, dans une institution privée, en uniforme, chemisier blanc et jupe bleu marine. Elle trouve que c'est chic, les couleurs sombres. Sa mère lui dit qu'elle a l'air d'être en deuil, mais elle lui répond que le deuil ne se porte plus et la conversation peut durer des heures. Madame mère appartient au camp opposé et ne jure que par la couleur, prétendant que cela égaie la vie. La mère et la fille sont rarement d'accord là-dessus comme sur beaucoup d'autres sujets, la cuisine asiatique, l'homéopathie, la politique ou les destinations de vacances.

Quand Félicien est arrivé au stand de Peter Smith, il a cru s'être trompé. Un torrent de couleurs animait les cintres. Vestes, chemises, robes n'étaient que bariolage et coloriage. Ce ne pouvait être du Peter Smith. Il devait être ailleurs, chez un autre créateur, il y avait erreur. Sûr de son fait, il aborda un vendeur habillé, lui, tout en noir. Pourriez-vous me dire où se trouve le rayon

Peter Smith, s'il vous plaît ? Vous y êtes, monsieur. Vous vous moquez de moi ? Peter Smith ne fait pas ce genre de choses. Non, monsieur, je ne me moque pas de vous. Peter Smith a changé d'option de travail cette année. Vous n'en avez pas entendu parler ? Ça a pourtant fait la une des magazines de mode cet automne. Peter Smith est amoureux, Peter Smith veut lutter contre la morosité ambiante, Peter Smith casse les codes, Peter Smith change de ton, Peter Smith fait un pied de nez à la crise ; cette saison, Peter Smith joue la couleur. Il n'en a rien à faire que Peter Smith soit amoureux. Sa Laure, elle aussi, est amoureuse, mais elle ne portera jamais ces vêtements de clown. Je suis désolé, monsieur. Revenez au moment des soldes, il y aura certainement d'anciens modèles qui ressortiront. Il était anéanti. Comment Peter Smith avait-il pu le trahir ? Il était près de onze heures et il venait de faire chou blanc une deuxième fois. Il resta un moment dans le stand à réfléchir. Visiblement, il n'avait rien à faire ici, les clientes le bousculaient, la nouvelle collection de Peter Smith avait l'air de plaire, il les méprisa d'être à ce point moutonnières.

Son inconséquence lui sautait au visage. Comment avait-il pu croire que tout serait réglé en une heure ? Comment n'avait-il pas prévu que le 38 est la taille la plus répandue chez les Françaises adeptes des vestes en tweed de Clothes to me, comment n'était-il pas au courant que Peter Smith avait changé d'option ? Il errait entre les boutiques, en proie à l'abattement. Tout lui semblait moche, sans attrait, indigne de son amour. Il ne comprenait pas ces femmes qui parcouraient les allées, s'arrêtaient, feuilletaient les portants. Comment pouvaient-elles être attirées par autant de laideur ? Pulls sans forme, chemisiers en synthétique, pantalons de laine qui gratte, jeans à moitié déchirés, robes sacs. C'était déprimant.

Et c'est là qu'il les vit. Fuselées, d'une ligne et d'une texture attirante. Des bottes d'un beau brun profond évoquant le chocolat le plus pur, au moins 85 % de cacao. Des bottes magnifiquement galbées, hautes mais pas trop, pointues mais pas trop, sexy mais pas trop. Laure méritait ces bottes, elles étaient faites pour elle et ses jambes parfaites. Il en était tout excité. Son cadeau était là. Peter Smith avait eu raison de changer ses options. Laure allait être bluffée. Il s'approcha de la botte, la prit en main, caressa le cuir doux comme du velours et fut surpris par la légèreté de la chaussure, la souplesse du matériau, le maintien de la tige. C'était de la belle ouvrage. Une femme d'âge mûr s'était postée à ses côtés. C'est une chaussure magnifique. Vous avez vu la souplesse du cuir, le maintien de la tige, la légèreté de l'ensemble. Du cuir maroquiné cousu à la main, entièrement doublé peau. Semelle montée Goodyear, talonnette antidérapante intégrée, talon plein en bambou. Une merveille fabriquée en Italie dans nos ateliers de Florence. La vieille blonde n'avait pas besoin de faire l'article, il était convaincu. Il retourna la botte, une étiquette discrète était collée sur la semelle. Il lut : 869,95 euros. Il avala sa salive, ses oreilles devinrent cramoisies. Il lut de nouveau, le prix n'avait pas changé : 869,95 euros.

Il fut pris d'un léger tremblement. La blonde dut le sentir. C'est le prix pour une paire de cette qualité, monsieur. Il reposa la chaussure, bredouilla une phrase idiote. Merci, il faut que je m'assure de la taille, je vais passer un coup de fil. Et joignant le geste à la parole, il fouilla dans son manteau à la recherche de son portable, finit par le trouver et s'éloigna, l'appareil collé à l'oreille.

869,95 euros.

Dire qu'il était déçu n'était pas le mot. Il était triste et terrorisé. Il ne pouvait pas assumer cette somme, il n'était pas à la hauteur. Et pourtant Laure, elle, était à la hauteur d'un tel cadeau. Elle n'était pas de ces filles qui ne font pas la différence entre un article de bonne qualité et un autre plus cheap. Laure avait du goût. Elle était peut-être même un peu snob, mais ce n'était pas pour lui déplaire. Lui-même faisait attention au choix de ses vêtements et préférait ne posséder que deux paires de chaussures fabriquées en Italie dans les règles de l'art que dix paires de baskets de marque importées de Chine. Pour ça, comme pour d'autres choses, Laure et lui étaient assortis. Les bottes, c'était l'idée. Il lui suffisait d'en trouver une paire à un prix abordable. 869,95 euros. Ces salauds faisaient payer la marque. Il ne fallait pas être gogo à ce point. Lui, Félicien, élevé par des parents qui possédaient la collection complète de *Que Choisir* depuis le premier numéro, ne pouvait pas se laisser avoir par une paire de bottes à un prix aussi exorbitant. Les marques de luxe consacrent au moins 30 % de leur chiffre d'affaires en publicité et en marketing. Il le savait, c'est ça qu'il payait. Il ne serait pas un pigeon.

Les bottes, c'était l'idée. Laure avait exprimé maintes fois le désir d'en posséder, comment n'y avait-il pensé plus tôt ? Fort de cette constatation, il s'est alors dirigé vers le plan du magasin pour se rendre sans attendre au rayon chaussures femme. Il n'y avait qu'un étage à descendre, il était onze heures dix, il avait le temps.

Un tour au pas de charge plus tard, il savait que la partie était perdue. Des bottes, ce n'est pas ce qui manquait, mais tellement laides, tellement vulgaires, tellement quelconques. Le désespoir l'envahissait. Il brûlait ses cartes une à une, l'heure tournait et il était toujours bredouille. La solution serait peut-être de changer de magasin.

Cinq minutes plus tard, il grimpait quatre à quatre les Escalator du Printemps en direction du rayon chaussures femme. Un simple regard lui apprit que son salut ne viendrait pas de là. Le rayon était la réplique de celui du magasin concurrent.

Il était obsédé par les bottes. Nombre de filles en portaient et certaines en avaient de jolies. Elles n'avaient quand même pas déboursé 869,95 euros ? Il était tenté de les interroger. Mademoiselle, vos bottes sont bien jolies, pouvez-vous m'indiquer où vous les avez achetées ? La timidité et la peur de passer pour un dragueur minable le retenaient. Il devait bien exister des chaussures de qualité à un prix accessible. Mais où ? Dans des stocks de dégrifs posés dans des banlieues lointaines au milieu des champs de betteraves, sur eBay, dans des petites boutiques du Marais. Rien qui soit à sa portée, là, maintenant.

Il était près de midi, il n'avait toujours rien. Il était de nouveau aux Galeries à traîner sa peine. Il avait appelé son bureau pour prévenir que sa demi-journée de RTT serait prolongée d'une heure. Il ne mangerait pas, Sylvia était d'accord. Ses pas le ramenaient irrésistiblement vers les bottes. De loin, de près, de face, de profil, elles le séduisaient. Il tournait autour, les regardait, essayant de leur trouver un défaut, une bonne raison de les planter là. Mais il pensait à Laure, à sa joie en défaisant le paquet, à sa fierté de les porter chaque jour. Ces bottes étaient faites pour Laure et Laure pour elles. La veste en tweed était proportionnellement hors de prix à 350 euros. Si une veste pouvait coûter 350 euros, une telle paire de bottes en valait bien le double. Question matières premières et travail, cela se justifiait. La veste était certainement fabriquée en Chine par des employés sous-payés qui trimaient quinze heures par jour et ne bénéficiaient d'aucun avantage social. Les bottes, au moins, étaient payées à leur juste valeur pour le travail qu'elles avaient demandé. Elles étaient fabriquées en Italie par des artisans au savoir-faire ancestral qui n'étaient pas exploités et étaient couverts par une bonne assurance-maladie. Après tout, c'était une question de valeurs. Ces bottes étaient éthiquement correctes. Chères mais éthiquement correctes. Son estomac gargouillait, il était en eau, il avait besoin d'une pause. Il avisa le restaurant. La carte, prétentieuse, proposait des plats de pâtes affublés de noms extraordinaires au prix exorbitant de 27 euros. Une arnaque. Il se mit en quête de la cafétéria.

La cafétéria avait disparu, à sa place trônait un McDo. Au rayon créateurs, ils avaient installé un McDo. Faute de goût ou comble du snobisme. Il se posait la question en même temps qu'il hésitait entre un menu fish et une salade César. Il opta pour la seconde qui le déculpabilisait de céder aux sirènes du fast-food. Il s'installa sur un tabouret en hauteur. En face de lui, dans sa ligne de mire, au fond du magasin : les bottes. Elles le narguaient, l'hypnotisaient. Il comptait et recomptait dans sa tête en mâchant. 800 et quelques euros, ce n'était finalement que le montant d'un loyer. Il payait cette somme pour habiter 35 m² dans le XIIe. C'était ridicule. 800 euros pour avoir un toit sur sa tête, 800 euros chaque mois, soit 9 600 euros chaque année. Avec les charges. On n'avait plus le sens des réalités. 800 euros qui vont dans la poche d'un propriétaire dont la seule activité est d'encaisser. Les bottes, elles au moins, fournissaient du travail à des artisans. Elles faisaient même vivre la vieille blonde chargée de faire l'article. Ces 800 euros avaient leur raison d'être. Son esprit s'échauffait. Autour de lui, les tables se remplissaient de jeunes cadres pressés qui rigolaient fort en mordant dans leur hamburger. De temps en temps, ils lui jetaient un regard complice. Lui souriait benoîtement. Ils le prenaient pour un des leurs. Il n'était pas un des leurs. Il avait atterri là par hasard, il avait un problème important à résoudre. Il avait un problème de bottes.

Les bottes, c'était l'idée. Il n'avait rien bu et il était soûl. Il titubait en allant vider son plateau. Il n'avait rien décidé et ses pas le conduisaient là-bas, au fond, vers le stand Kucci. Il ne voulait pas dépenser cette somme et pourtant c'était comme si c'était fait. La vieille blonde le reconnut. Alors, vous avez eu votre renseignement ? Vous avez raison de vous décider, c'est un produit exceptionnel que vous ne regretterez pas. Il se souvint d'un ami qui se vantait de négocier les prix de tous ses achats. Il prit une botte, la retourna, esquissa une grimace. La réflexion est sortie toute seule. C'est un peu cher, non ? Je vous les prends si vous me consentez une petite remise. La vieille blonde fit une moue dégoûtée. Monsieur, vous n'êtes pas dans le Sentier, ici. Ce sont des Kucci, de véritables chaussures cousues main, doublées peau, il y a au moins vingt heures de travail sur une paire comme celle-ci, vous avez vu la semelle, ce ne sont que des matériaux nobles, nos prix sont nets. Il battit en retraite. Excusez-moi, je plaisantais. Je les prends en 38, s'il vous plaît. La vieille blonde ne manifesta aucune joie à cette déclaration. Attendez-moi là, je vais chercher la pointure. C'était sa dernière chance. Resté seul, il pouvait s'éclipser, disparaître, renoncer. Sa raison le lui conseillait. Ses pieds n'entendaient pas sa raison. Il resta planté là, dans un état second. Ensuite tout alla très vite. Elle revint avec la paire, la lui montra. Vous voulez garder la boîte ? C'est pour un cadeau, je vous fais un paquet ? Suivez-moi à la caisse. Vous payez comment ? Vous pouvez composer votre code. Gardez bien votre ticket, il vous sera utile en cas d'échange. Merci et bonne journée. Il était treize heures, il avait trente minutes pour rejoindre son travail.

Une légère euphorie l'envahissait. Il pensait à la tête de Laure quand elle ouvrirait le paquet. Sa surprise, son excitation. Une bouffée de bonheur l'envahit. Il aimait cette fille. Sa Gudule, son bouchon, sa petite gueule, sa chérie. Il se dirigea vers le métro. Le sac siglé au bout du bras. Il avait réussi. Il était le roi du monde.

Un kiosque, des affiches, des unes, des magazines. La crise. Où elle commence, où elle finit. Une crise peut en cacher une autre. Crise mode d'emploi. Temps de crise, les bons plans. Fond noir, caractères rouges. Corps gras, cinq colonnes à la une. Fond rouge, encre noire. 50 000 chômeurs supplémentaires d'ici la fin de l'année, les Mobilex menacent de faire sauter leur usine. Viré après plus de trente années de bons et loyaux services : témoignage d'un chômeur père de quatre enfants. Le pays face à la récession, où est l'argent ? Et lui qui vient de claquer plus de 850 euros dans une paire de bottes. Presque un SMIC, le revenu moyen de 25 % des Français. Je suis fou. Je suis fou. Sa main serra les anses en papier du sac.

Prochain train dans 04 minutes. Le quai est presque vide. Il s'écroule dans un fauteuil en plastique. Ses pieds le brûlent. Foutues semelles en gomme. Rien à voir avec celles des bottes. La vendeuse avait dit double semelle cousue main, avec patin intégré, talon plein renforcé en biseau – elle avait tapé de son index recourbé pour qu'il en apprécie la densité. Les pieds de Laure allaient respirer, beaucoup mieux que les siens actuellement. Il avait fait un bon achat. Deux garçons vinrent à côté de lui, deux jeunes avec des capuches sur la tête. C'était un peu crétin de garder sa capuche dans le métro. Ils s'assirent sur le bord des sièges, les jambes bien écartées, la tête un peu baissée. Un troisième restait debout et parlait en accompagnant son discours de petits pas de danse, comme un boxeur. De temps en temps, il jetait un regard alentour. Il parlait fort d'une meuf qui l'avait soûlé, il parlait et regardait Félicien qui, lui, regardait ailleurs, loin, de l'autre côté du quai. Il se souvint d'avoir lu que les voleurs à la tire gardaient leur capuche pour ne pas être reconnus sur les films des caméras de surveillance. Machinalement, il leva les yeux au plafond. Un œil noir les fixait, lui et toute la rangée de sièges. Il sentit le regard du garçon sur lui. Ils l'avaient encerclé, ils allaient le dépouiller. Prochain train dans 02 minutes. Au moment où il se lèverait pour monter dans la rame, ils le bousculeraient, lui arracheraient le sac en papier et partiraient en courant. Dans le flux de voyageurs, il ne pourrait rien faire. Il ne courait pas vite. Depuis l'âge de quatorze ans, il ne faisait plus de sport. C'est sûr, ils avaient repéré le fameux sigle de la célèbre marque. Ils savent que rien chez eux ne coûte moins de 500 euros, ils sont informés. Neuves, ils pouvaient fourguer les bottes à moitié prix. Ça leur ferait 400 euros. Une bonne journée. Il sentit un petit ruisseau se former dans son dos. Prochain train dans 01 minute. Il devait bouger. Soudain, il prit le sac dans ses bras, le collant contre sa poitrine, se leva d'un bond et marcha d'un pas rapide vers l'extrémité du quai où un groupe de Japonais attendait sagement. Il se retourna. Les jeunes n'avaient pas bougé. Il se dit que les riches devaient être bien paranos. Mais les riches ne prennent pas le métro. La rame entra dans la station. Il jeta un dernier coup d'œil au groupe de garçons. Ils continuaient de tchatcher sans esquisser le moindre mouvement. Il s'en voulut de ses préjugés, monta dans la voiture, s'assit sur un strapontin, le sac Kucci posé entre ses pieds.

Il était de nouveau abattu. Qu'est-ce qui lui avait pris d'acheter ces bottes ?

869,95 euros. La somme résonnait dans sa tête. 869,95 euros. Il était cinglé.

Comment s'était-il laissé piéger ? Non, il ne s'était pas laissé piéger. Il avait décidé en toute liberté. Il avait fait son choix et la vendeuse blonde ne l'avait même pas poussé. Il avait fait son propre malheur, tout seul, comme un grand. Comme un grand couillon. Regardant autour de lui, il se demanda qui pourrait dépenser la même somme pour un cadeau. Certainement pas cette dame qui engueulait son fils parce qu'il voulait monter sur le siège. Ses chaussures étaient fatiguées et le pantalon de l'enfant trop court. Mais le monsieur, trois banquettes devant, lui, oui. Son costume de marque, ses chaussures cousues, son manteau en cachemire disaient qu'il faisait partie de l'élite. Avec le salaire qui va avec. Au bas mot, 6 000 euros par mois. Félicien sourit. Il n'avait rien à voir avec cet homme. Il ne l'enviait pas. Vrai, il ne l'enviait pas. Ses revenus, peut-être ne cracherait-il pas dessus, mais son allure de cadre pressé, le téléphone vissé à l'oreille, non. Lui pouvait acheter des bottes à 869,95 euros à sa femme pour se faire pardonner de ne jamais être là, de ne pas s'occuper de sa marmaille et de la tromper avec sa secrétaire. C'était pathétique. 869,95 euros, pour c'est un vrai cadeau qui mlui, une somme dérisoire. Moi, au moins, e coûte.

Il n'avait même pas cette somme sur son compte. On était le trois du mois et il s'était bêtement mis à découvert. Non seulement ce cadeau valait 869,95 euros, mais avec les agios, il allait lui en coûter au bas mot 15 % de plus. Soit. Il tenta de faire le calcul dans sa tête. 869 multiplié par 10 : 8 690, divisé par 100, 86 euros, plus 86 euros divisé par deux, 43 euros, soit 129 euros en tout. Ce qui amenait la paire de bottes à 869,95 euros plus 129 euros soit 998,95 euros. Il en avait le souffle coupé. Il tombait dans un abîme. S'il n'arrivait pas à rétablir la situation rapidement, en fin d'année il aurait dépensé plus de 1 000 euros pour cet achat. Il eut soudain très envie d'une cigarette.

Dépendance. À la moindre émotion, cette envie qui tenaille. Pourquoi fumait-il ? Il avait déjà grevé son espérance de vie. Fumer était certainement la chose la plus bête qu'il ait jamais commencée. Il avait pourtant bien débuté, ado, en refusant de participer aux séances de fumette organisées en loucedé dans la cave de son immeuble. Il méprisait ses copains qui passaient leur mercredi après-midi à écouter de la musique en tirant sur des Marlboro acquises avec leur argent de poche ou volées à leurs parents. Il se voulait clean, faisait ses dix kilomètres à vélo tous les matins. Son père était fier de lui et, le dimanche, ils partaient tous les deux pour des virées de près de cent bornes, sanglés dans leurs maillots en tissu synthétique brillant comme ceux des coureurs professionnels. Il voulait lui faire plaisir. Les autres l'appelaient le faf parce qu'il prônait une vie saine, un corps sain, une pensée saine. Il était embrigadé, bon élève, d'un ennui profond. Il n'avait pas d'ami, à part le fils des voisins du cinquième qui avait trois ans de plus que lui et qui militait déjà dans une organisation d'extrême droite. Il lui faisait peur parfois, mais il aimait bien jouer aux échecs avec lui. Un jour de juin, son père était parti, le laissant avec sa mère et sa sœur. Il était sorti en disant : Je vais faire un tour. Le tour dure encore, il ne l'a jamais plus revu, sa mère non plus. Il prit en grippe son vélo qu'il ne remonta plus jamais de la cave où, désormais, il rejoignait les autres pour goûter aux plaisirs de la vie : bière, clopes et magazines pornos. Il avait quatorze ans. Il n'a plus cessé de fumer depuis.

Plus d'un paquet par jour, un vrai suicide. Un gouffre aussi. 200 euros par mois partis en fumée. S'il arrêtait de fumer là maintenant, il économiserait le prix des bottes en quatre mois. Cinq, si on comptait les agios. Non seulement il sauvait sa peau, mais il réparait aussi sa connerie. Cette idée le fit sourire. Il se détendit. Il tenait la solution. Finalement, ce présent préservait son avenir. Il trouva la formule jolie et la répéta dans sa tête avec un petit sourire satisfait.

Station Opéra. Opéra : voilà qui aurait été glamour comme cadeau. À 70 euros pour une place de côté – il y était allé une fois et c'est ce qu'il avait payé pour être dans une loge –, Laure aurait pu voir douze spectacles. Ou six en y allant à deux. 70 euros pour une heure et demie de spectacle soit un peu moins d'un euro par minute, cela faisait cher. Un abonnement de trois spectacles aurait sûrement fait plaisir à Laure. Il aurait alors économisé la moitié du prix des bottes et s'en serait tiré avec les honneurs.

Il devait avoir l'air agité, à moins qu'il n'ait parlé tout haut. La jeune femme qui lui faisait face le regardait d'un œil interrogateur. Elle tenait un enfant dans ses bras ; il dormait, tête ballante, tétine dans la bouche ; un filet de bave coulait le long de son menton et faisait une petite flaque sur son tee-shirt bleu délavé. Il lui sourit pour la rassurer. Elle lui sourit à son tour. Il lui manquait deux incisives. Elle devait avoir vingt-cinq ans tout au plus. Cette vision l'abattit. Sûr qu'elle ne se serait pas posé la question pour les bottes. Sûr qu'elle n'avait même pas cette somme chaque mois pour bouffer et nourrir son gosse. Il se sentit coupable. Il avait beau regarder de tous les côtés, aucun de ses compagnons de voyage n'aurait pu faire une telle folie. L'homme à sa droite certainement pas. Ses vêtements montraient qu'il ne s'attardait pas sur son apparence et son sac en tissu écossais aux poignées en Skaï datait des années soixante-dix. Sur un bobo branché, cela ferait vintage. Sur lui, ça sentait la naphtaline. Il avait l'air d'un vieux garçon qui vivait avec sa mère dans un pavillon en meulière à Aubervilliers. Le sac devait certainement appartenir à la mère. Elle lui avait dit ce matin : Tiens, prends mon sac, tu seras pas encombré. Il avait bien essayé de refuser, mais il ne pouvait rien lui refuser. Alors il avait pris le sac avec la vague idée que peut-être il était un peu ridicule. La petite vieille en face était plutôt bien mise. Elle sortait elle aussi des grands magasins et, au nombre de sacs s'étalant à ses pieds, elle avait pas mal dépensé. Aurait-elle pu craquer pour des chaussures aussi chères ? Il en doutait, au regard de celles qu'elle portait : des vieilles chaussures à lacets, certes confortables, mais franchement au bout du rouleau. Non, la vieille n'était pas dépensière, elle avait juste profité de la promo sur le blanc pour renouveler ses taies d'oreiller qui dataient des années cinquante. Elle avait regardé les carrés de tissus à fleurs, un à un, à travers leur emballage transparent. Tournant et retournant chaque paquet avec un petit sourire de contentement, comme pour s'assurer que c'était bien là ce qu'elle avait choisi. Le manège avait duré quatre stations. Maintenant elle était plongée dans une grille de sudoku qu'elle avait découpée dans un magazine. Elle prenait appui sur un petit carnet usé et fermé par un élastique beige.

869,95 euros. C'est une somme. Plus de la moitié de son salaire mensuel. Ce mois-ci, entre son loyer et la paire de bottes, il avait tout dépensé. Il ne lui restait plus un centime pour vivre. Il frissonna. Il devait trouver une solution. Il allait demander à Laure de venir habiter avec lui. Payer deux loyers, voilà qui était stupide. Il allait lui offrir les bottes et dans la foulée lui proposer de partager son appartement. Il demanderait alors à son banquier de lui faire une autorisation de découvert et dans deux mois, quand Laure aurait lâché son studio, il pourrait rembourser les bottes ; malgré les agios, il s'en sortirait bien. Laure et lui vivraient mieux. Ils auraient 800 euros de plus à dépenser par mois pour leurs loisirs. Sans compter l'économie réalisée sur les factures d'électricité et le reste. À eux la vie de nantis. Son cœur se mit à battre un peu plus vite. Il tenait la solution.

Un peu plus loin, au fond du wagon, un petit homme bien mis aux chaussures cirées se rongeait les ongles en regardant dans le vague. Il avait l'air angoissé. Il devait se rendre à un entretien d'embauche. Son costume était d'une coupe démodée. Il était au chômage depuis des mois, il arrivait à la fin de ses droits, cet entretien était sa dernière chance avant de sombrer. Il lui fallait trouver chaque mois 1 200 euros pour faire vivre sa famille. Il était aux abois.

869,95 euros. Somme faramineuse pour une paire de bottes, personne ne l'aurait dépensée. Il se sentait seul. À la station suivante est montée une femme qui portait son âge comme elle portait son manteau, avec élégance. À son bras pendait un sac Kelly. Elle avait sur elle au moins dix fois le prix des bottes. C'était normal. Elle ne se posait pas de question sur la qualité des choses. Les choses devaient être de qualité. Elle ne se posait pas non plus de question sur leur prix. Les choses de qualité avaient un prix. Elle prenait le métro sans crainte, s'était assise sur un strapontin, avait posé son sac au sol, négligemment, sans méfiance, comme si cela allait de soi. Laure lui ressemblerait dans dix ans quand elle aurait enfin obtenu le poste de manager qu'elle vise depuis son entrée dans la multinationale qui l'emploie. Laure c'était une tête. Bac + 5, MBA à NYU, spécialiste dans les statistiques et leur interprétation. Elle gagnait déjà plus que lui, pas beaucoup mais un peu quand même. Qui était-il face à ce genre de femme ? Un besogneux qui trime pour gagner une fois et demie le SMIC. Un inconséquent qui n'avait pas su tirer profit de ses rencontres ni de son talent. À six ans, on le disait doué en dessin.

À quinze ans, il avait remporté un concours régional de bandes dessinées. À vingt ans, un ami de fac lui avait proposé de rejoindre une jeune start-up qui se lançait. Il avait décliné. Il fallait prendre le risque de ne pas être payé pendant quelques mois, il avait besoin d'argent. Il était surtout frileux. À vingt-quatre ans, il était entré dans un cabinet d'architecture qui faisait de l'aménagement intérieur de boutiques. Depuis lors, il alignait les plans. Laure lui disait qu'il pourrait reprendre la bande dessinée, elle avait raison. Mais il ne s'y était pas remis. Demain, je m'y remettrai. Je suis décidément inconséquent. Maintenant on parle de procrastination. Il avait entendu ce mot pour la première fois il y a quelques mois quand Alexis, un collègue de boulot, s'accusait d'être un procrastinateur pour justifier ses erreurs et ses retards. Il avait expliqué qu'il s'agissait d'une véritable maladie contre laquelle il se battait tous les jours. Félicien, sans savoir de quoi il retournait, avait pensé qu'Alexis avait trouvé une bonne raison pour justifier son travail bâclé. Il était allé voir sur le Net et, étrangement, au lieu de reconnaître Alexis dans la définition délivrée par Wikipédia, c'est lui-même qu'il avait reconnu. La seule différence, c'était que sa procrastination à lui l'empêchait de faire les choses du quotidien. Quand il était encadré dans une structure comme l'agence, il se laissait faire et travaillait plutôt vite et bien. Lui était atteint de procrastination domestique. Il lui était impossible de se mettre au ménage ou au rangement. Il repoussait toujours plus loin le moment de s'atteler aux obligations de sa vie personnelle. Les papiers s'accumulaient, le linge sale aussi, la vaisselle s'entassait, un robinet fuyait depuis des mois sans qu'il se décide à appeler un plombier. Ce qui n'avait cessé de provoquer des séismes, des disputes inutiles avec Laure et plus généralement avec toutes les filles qui avaient partagé sa vie. Une fois de plus, ce syndrome handicapant l'avait de nouveau projeté dans la catastrophe ce jour-là. S'il s'y était pris plus tôt pour acheter ce maudit cadeau, il ne se serait pas mis dans une telle situation.

Spécial promo 10 000 allers et retours à Londres pour 79 €.

510 €, bague « Tu es le sel de ma vie » n° 1, diamant 0,15 et certifié, pavage diamant. Un bijou, un vrai, signé par un grand joaillier pour un prix inférieur à celui des bottes. N'était-ce pas là le comble du romantisme ? Un bijou, c'est pour la vie. Des bottes ? Pour quelque temps et de nombreux pas.

599,99 €, un ordinateur portable 30 Mo de mémoire, équipé Vista. Paiement possible en dix fois sans frais. La pub s'étalait sur le mur incurvé de la station. Moins cher que la paire de bottes. Et pourtant quelle somme de technologie, d'intelligence, il a fallu développer pour fabriquer cette machine ! Et quels services elle rend. Alors qu'une paire de bottes ne sert qu'à marcher et à avoir l'air sexy. Quelle futilité. Félicien sentit le rouge envahir ses joues. Il aurait pu offrir ça à Laure, elle qui se plaignait de son vieux portable déjà hors d'âge bien qu'il ait moins de trois ans. Lui n'a pas changé d'ordinateur depuis plus de cinq ans. Sa machine est obsolète. Dépassée. Laure n'a de cesse de le lui dire et de pester quand elle est obligée de s'en servir. Lui, cela ne le gêne pas. Il n'aime pas se séparer d'objets qui fonctionnent encore. Laure lui dit qu'il raisonne comme un baby-boomer. Une manière élégante de lui faire comprendre qu'il pense comme un vieux. Ce serait donc être vieux que d'être navré par la société de consommation, d'être incapable de jeter des appareils qui n'ont pas rendu l'âme ? Il se dit économe. Radin même parfois. Radin, c'est chic aujourd'hui. Devenez radin : vendez achetez revendez. La pub le dit, la pub a raison. Est-il vraiment radin, économe, pingre, avare ? Ou alors, à l'inverse, dépensier, dilapidateur, gaspilleur, prodigue ?

Félicien est un maniaco-dépressif de l'argent. Dans les phases maniaques, il achète et dépense. Dans les phases dépressives, il retient, il ratiocine, il hésite. Un défaut largement amplifié par cette manie qui ne le lâche pas, une vraie manie de vieux, celle-là : convertir les euros en francs.

Quand il se rend chez le boulanger pour acheter une baguette rétro au levain naturel et à la farine non tamisée, inévitablement, au moment de commander, il demande la baguette normale à la mie trop blanche et à la croûte molle qui sera rassie le lendemain. C'est plus fort que lui. Payer 1,10 euro une baguette lui semble raisonnable, mais dépenser 7,21 francs pour du pain lui paraît absurde. Quand il fait la conversion, il prend peur. Se rétracte. C'est un recessionisto. Un mot qui n'existe pas au masculin. Dépenser, devenir radin, une exclusivité féminine.

5 741,47 francs. Voilà le prix du cadeau. La tête lui tourne.

Devenez radin : achetez vendez revendez.

Radin, c'est chic, c'est pub. Peut-on aimer et être radin ? L'amour est généreux. L'amour radin n'existe pas. Pour autant, peut-on évaluer un amour à l'aune du prix des cadeaux que l'on reçoit ? C'est l'intention qui compte. Mais si l'intention est radine, le cadeau n'est pas généreux. A-t-il déjà remis en cause l'amour qu'on lui portait à cause d'un cadeau raté ? Et pourtant ce ne sont pas les cadeaux ratés qui ont manqué. Ça a commencé quand il avait sept ans. Il avait demandé un robot téléguidé pour Noël et avait trouvé un Meccano sous le sapin. Immense déception. Son père avait fait ce choix. Il ne voulait pas de jouets à piles et préférait les jeux qui stimulent l'imagination. Plus prosaïquement, il offrait à son fils ce qu'il avait aimé lui-même étant enfant. Félicien avait donc eu un Meccano. Il se souvient de sa colère quand il avait découvert dans la boîte les lames métalliques perforées au pas de 0,5 pouce (1,27 cm), les cornières, les plaques, les axes, les roues et les engrenages en laiton, autant de pièces dont l'assemblage se fait au moyen de vis et d'écrous. Son père avait détaillé tout ça avec gourmandise. Le but était l'initiation à la mécanique. Le soir de Noël, son père avait construit une grue. Lui ne l'avait jamais démontée et n'avait jamais rien assemblé. L'objet avait pris la poussière sur l'armoire de sa chambre, s'était peu à peu désarticulé pour ne plus ressembler à rien. Il avait vendu la boîte dans un vide-greniers quelques années après le départ de son père. Il n'avait même pas démonté les éléments de la grue. Il en voulait plus à son père d'être parti que de lui avoir offert ce foutu Meccano. Sa mère, elle, était à l'écoute de ses désirs. Souvent il se trompait. Il croyait avoir envie de tel ou tel objet. Une fois celui-ci en sa possession, il se rendait compte qu'il n'avait aucun intérêt. Un ordinateur de poche, un jeu électronique, des baskets blanches de coureur automobile, autant de cadeaux ratés par sa propre faute.

Avant Laure, il avait aimé Aurélie. Elle était drôle, ne fichait pas grand-chose, était plutôt anarchiste, elle prônait la débrouille et affichait un mauvais goût savamment étudié. Les anniversaires, les fêtes, elle trouvait ça tarte et se prononçait pour le cadeau surprise, celui qu'on n'attend pas, qui vous tombe dessus un jour sans raison par la seule volonté de celui qui vous l'offre. Ses initiatives étaient toujours hasardeuses. Elle lui avait ainsi offert une veste en velours jaune moutarde qu'elle trouvait trop classe. Il lui avait fallu la porter. Un calvaire amplifié par les réflexions de ses collègues et amis. Avait-il quitté Aurélie à cause de ce vêtement ? Peut-être un peu, finalement. Pour ses idées également, qui le mettaient aussi mal à l'aise que la veste elle-même.

Félicien sentit sa poche intérieure vibrer. Vous avez un message, Laure port. T'es où ? Tu fais quoi ? Tu m'aimes toujours ? Félicien maudit ce téléphone dont la taille de l'écran et des caractères permet aux voisins de lire les messages. La grosse dame à sa droite n'a pas besoin de se pencher pour être indiscrète. Elle glousse. Félicien regarde ses pieds, elle porte des tongs avec des bas couleur chair. Choix ou obligation. La dame a l'air fatiguée.

Un cheveu vient se poser sur son genou. D'où vient-il ? Le cheveu est blond avec un reflet roux. Félicien regarde autour de lui, personne n'a de coiffure de cette couleur. Son ou plutôt sa propriétaire est peut-être descendue depuis plusieurs stations, et le cheveu qui s'est échappé est toujours là, lui. Il continue sa vie sur la ligne 3. Félicien sourit à cette idée. Il doit répondre au SMS. Il doit mentir. Suis au boulot. Je ne t'aime plus… Je t'adore. Je m'ennuie… de toi. Félicien choisit de ne pas répondre pour ne pas mentir. Il attendra d'être à son travail pour l'envoyer. Il sent le rouge lui monter aux joues. Comment se présenter à son travail avec ce sac siglé Kucci ? Lui qui ne cesse de se plaindre de ne pas joindre les deux bouts, lui qui a encore demandé une augmentation le mois dernier, lui qui a refusé de donner un billet pour le départ à la retraite de Gilles Bastien – prétextant que les retraités d'aujourd'hui sont les derniers privilégiés d'un système généreux dont sa génération ne profitera jamais. Il entend déjà les sarcasmes de ses collègues. Il regarde sa montre. Impossible de passer chez lui pour déposer le sac. Il est déjà en retard. Il envisage un mensonge, un accident de personne dans le métro, un malaise avec transport chez le pharmacien ; plus héroïque, le sauvetage d'un enfant en train de se noyer dans le bassin du Luxembourg ou les premiers secours apportés à un épileptique sur la voie publique. Il se souvient que l'atelier est « charrette », que le client attend ses plans pour le lendemain matin, que Sylvia lui a octroyé cette demi-journée par sympathie avec, en contrepartie, l'assurance que son travail sera fait. Être charrette n'est pas être en retard, c'est se donner les moyens de rendre un travail à l'heure, même au prix d'une nuit blanche. Gilles aimait bien rappeler cette formule. Gilles était old fashion dans sa syntaxe, comme dans sa mise. Nœud papillon, chemise à carreaux, pantalon de velours à côtes, Paraboot. Gilles avait fait archi et en avait gardé les codes. Gilles était parti à la retraite avec une canne à pêche supersophistiquée et adaptée à ce qui allait devenir son sport préféré : la pêche à la mouche. Pascal avait confié à Félicien que l'enveloppe avait à peine couvert le prix de l'objet : 365 euros. Pascal avait l'air de dire que c'était hors de prix. Que dirait Pascal de bottes à plus de 800 euros ? Pour un simple anniversaire, pas pour 120 trimestres de bons et loyaux services.

À la station suivante, deux hommes montèrent dans la voiture. Le premier, grand et maigre, tenait un violon ; le second, petit et grassouillet, faisait rouler devant lui une poussette de marché sur laquelle était ficelé un petit ampli fatigué et crachotant. Les portes à peine fermées, le violoniste entama un morceau pendant que son compère réglait les boutons de l'ampli. Félicien était aux premières loges, assis sur son strapontin. Il s'en voulait d'avoir pensé merde en voyant entrer ces Laurel et Hardy de la manche. Donner, pas donner. Le dilemme. Félicien s'était alloué un euro par jour pour les SDF. Les clients ne manquaient pas. À une époque, il donnait au premier qu'il rencontrait, puis il s'était mis à ne donner qu'aux femmes, et ces derniers temps il se laissait aller à donner à celui qui avait su lui plaire. Non pas par la pitié qu'il lui inspirait mais plus par la façon de demander. Ce jour-là, il n'avait pas encore dépensé son euro. Préoccupé, il n'avait pas vu ceux qui avaient croisé sa route, la main tendue. Félicien n'aimait pas les musiciens, sans doute parce qu'ils empiétaient trop sur son espace intime. Un autre jour, il ne se serait pas posé la question et aurait refusé la pièce, la conscience tranquille. Le petit qui tenait la poussette regardait avec insistance le sac posé à ses pieds. Félicien pouvait l'entendre penser : Un type qui achète un objet de cette marque est plein aux as. L'homme cala la poussette contre la barre, sortit une pochette en velours de sa poche et commença à faire le tour. Félicien plongea la main dans sa poche et s'aperçut qu'il n'avait pas un centime. Il avait oublié ses pièces dans le cendrier Martini qui lui sert de vide-poches. Une nouvelle panique s'empara de lui. S'il ne gratifiait pas ces musiciens, ça lui porterait malheur. On ne pouvait pas dépenser plus de 800 euros pour des bottes et radiner quelques euros à des hommes privés de tout. L'homme se dirigeait vers l'autre extrémité du wagon, laissant à Félicien le loisir de penser qu'il avait peut-être une chance de sortir si celui-ci mettait un peu de temps à traverser la voiture. Il saisit les anses du sac et se tint prêt à bondir. Soudain la rame s'immobilisa, tout s'éteignit. Dans la pénombre des lumières de secours, le violoniste continuait de jouer comme de si de rien n'était. Mesdames et messieurs, nous sommes arrêtés quelques instants pour régulation. Merci de votre patience.

Sans le bruit des rails, l'ampli montrait ses faiblesses en parasitant les trilles du violon de crachotements infects. Félicien sut qu'il n'échapperait pas à la petite bourse en velours qui se tendait maintenant vers ses voisins d'en face. Il sortit son portefeuille, en tira un billet de 5 euros et, la mort dans l'âme, posa le billet dans la bourse. Le grassouillet le remercia avec chaleur. La lumière revint, le métro repartit. À la station suivante, les musiciens descendirent. En posant sa poussette sur le quai, le grassouillet se retourna, fixa Félicien et le gratifia d'un sourire édenté noir d'encre.

Quand le train entra à la station Place d'Italie, le quai était envahi d'une foule bruyante. Des invectives, des rires, des slogans hurlés au mégaphone. Les portes s'ouvrirent et le wagon fut envahi par des hommes et des femmes arborant tous un autocollant sur leur manteau. On pouvait y lire CGT-FNCC. Certains portaient une banderole enroulée, d'autres tenaient des paquets de tracts, un grand gaillard était armé du mégaphone. Une blague fusait et la réponse venait de l'autre côté du wagon. Félicien dut se lever à la va-vite pour faire de la place. Dans un premier temps, il avait posé le sac en papier à terre entre ses pieds. Avec la pression des manifestants qui voulaient tous entrer dans le wagon, il préféra le porter dans ses bras. L'ambiance était plutôt joyeuse et bon enfant. Des slogans étaient lancés du fond de la voiture puis étaient repris par l'ensemble des manifestants. Ils parlaient tous d'argent, d'augmentation, de crise, de ras-le-bol. Ils criaient 100, 100, 100 euros tout de suite. Le grand gaillard le fixait dans les yeux. Félicien sourit et tenta de cacher avec ses bras la marque imprimée sur le sac. L'homme ne détourna pas son regard. Il me prend pour un bourgeois plein aux as. Le type se mit à brailler. Tout est à nous, tout est à nous, rien n'est à eux, rien n'est à eux, tout ce qu'ils ont, ils l'ont volé, ils l'ont volé ! Partage des richesses ! Partage du temps de travail ! Ou alors ça va péter, ÇA VA PÉTER ! Félicien avait l'impression que cet homme s'adressait à lui et à personne d'autre. Il avait dit partage des richesses en le fusillant de ses yeux bleus. Et il avait crié ça va péter en le désignant du menton. Il en était sûr. Il allait lui sauter à la gorge, lui arracher le sac Kucci, le piétiner et exhiber les bottes comme un trophée. Félicien avala une goulée d'air. Il aurait voulu expliquer à l'homme que non il n'était pas riche, que oui il avait fait une connerie, qu'il se rendait bien compte que dépenser plus de 800 euros pour des bottes était stupide, qu'il regrettait, qu'il était dans la merde comme lui, que son salaire n'avait pas bougé depuis des années comme lui, qu'il aimerait bien 100 euros tout de suite comme lui. Félicien avait peur. Une peur tétanisante. Une peur incontrôlable. Tout est à nous, tout est à nous, rien n'est à eux, rien n'est à eux, tout ce qu'ils ont, ils l'ont volé, ils l'ont volé ! Partage des richesses ! Partage du temps de travail ! Ou alors ça va péter, ÇA VA PÉTER ! Il lui restait quatre stations. Il décida de descendre à la suivante sans attendre.

Une fois extrait de la rame, Félicien s'affala sur un banc. Il était en nage. Il regarda sa montre, il avait pris du retard sur le retard.

En sortant du métro, Félicien savait ce qu'il devait faire. Il s'engouffra dans le Franprix situé sur le trottoir d'en face, ne prit ni panier ni Caddie et se dirigea vers les caisses. Arrivé devant l'employée, il demanda un sac à 20 centimes et sortit un billet de 20 euros. La caissière n'avait pas la monnaie. Félicien non plus, qui avait laissé ses pièces dans le cendrier Martini sur le meuble de l'entrée. S'ensuivit une vive discussion. Félicien ne voulait rien entendre, il avait besoin de ce sac, la caissière ne voulait pas en démordre, elle n'avait pas de monnaie. En plus le sac était un service rendu au client pour ranger ses courses, ce n'était pas un produit à acheter seul. La conversation s'envenimait. Derrière, la file grossissait. Une rumeur commençait à monter : Y en a marre, qu'est-ce qu'il veut celui-là, on est pressés. Félicien aurait tout aussi bien pu lâcher l'affaire, acheter un petit quelque chose, se rendre dans un autre magasin. Mais il s'accrochait. Félicien faisait sa bernique. La situation paraissait inextricable. Finalement une femme d'âge mûr sortit du rang, remonta la file en s'excusant, à la fois calme et déterminée. La petite foule s'écarta. Arrivée à hauteur de la caisse, elle laissa tomber deux pièces de dix centimes sur le tapis. Que monsieur prenne son sac et qu'on en finisse. La caissière ramassa les deux pièces, fourra le sac dans la main de Félicien qui bredouilla un merci inaudible avant de sortir du magasin à grandes enjambées. Il se sentait humilié. Tout ce foin pour cacher le sac Kucci avant d'aller à son travail, c'était minable. Il aurait dû penser à faire de la monnaie, acheter un journal ou un paquet de chewing-gums ou, mieux, acheter dans le magasin un produit de toilette ou une boîte de sardines, une denrée non périssable qu'il aurait fini par utiliser. Il s'éloigna de la supérette en se retournant plusieurs fois par crainte qu'une des femmes agacées ne le suive. Il avisa un banc, s'assit et tenta de faire entrer le sac Kucci dans le sac Franprix. La tâche se révéla plus compliquée que prévue. Le sac Kucci était raide et un peu plus grand. Glisser l'un dans l'autre s'avéra impossible. Il fallait contraindre le premier, le froisser, l'abîmer. Mais qu'est-ce que tu fous là sur ton banc ? Isabelle se tenait devant lui et rigolait. Il ne l'avait pas vue venir. Il était pris la main dans le sac. Ah c'est toi, mais qu'est-ce que tu fais là ? La question était stupide, Félicien s'en rendit compte en la formulant. Je reviens de la cafèt' comme tous les jours. Tu n'as pas l'air bien, Félicien, tu es tout rouge. Félicien démentit, il avait simplement eu chaud dans le métro. Isabelle lui proposa de rentrer à la boîte avec elle, il déclina l'offre, prétextant qu'il devait acheter des cigarettes. Bon, on se voit à l'atelier, alors ? C'est ainsi qu'ils appelaient un peu pompeusement l'open space dans lequel ils grattaient tous les deux. Isabelle tourna les talons et le laissa sur son banc. La pluie s'était remise à tomber. Félicien n'avait plus le temps de finasser. Il fourra sans ménagement le sac Kucci dans le sac en plastique, se leva et prit la direction du bureau de tabac. Il arrêterait de fumer après ce dernier paquet. Il avait besoin d'une cigarette, là, maintenant. Et puis, n'avait-il pas dit à Isabelle qu'il devait se rendre au bureau de tabac ? Il ne pouvait pas toujours mentir.

Il était un peu plus de quatorze heures quand Félicien appuya sur le bouton 5 de l'ascenseur. Quelques minutes plus tard, il était devant son ordinateur. Ils étaient six dans l'atelier. Trois de ses collègues travaillaient avec un casque sur les oreilles, chacun enfermé dans sa bulle sonore. Félicien allait en faire de même quand Axelle l'apostropha en rigolant : c'est pour faire des courses à Franprix que tu as pris ta matinée, dis donc, c'est glamour. Demande-lui plutôt ce qu'il y a dans son sac. Isabelle avait pris un air mystérieux en disant cela. Félicien maudit Isabelle qui ne lui avait rien dit sur le moment, mais avait bel et bien vu son manège. Isabelle avait repéré le sac Kucci. Je suis allé acheter un cadeau pour Laure, c'est tout. Il posa son casque sur ses oreilles, espérant que la conversation allait s'arrêter là. Le son de Stuck in the Sound, son groupe préféré du moment, n'était pas assez puissant pour qu'il n'entende pas les échanges entre Axelle et Isabelle. Cette dernière se faisait prier pour révéler le secret de Félicien. Axelle insistait, prise au jeu. Finalement Isabelle céda et, tout en regardant Félicien droit dans les yeux, lâcha le morceau et le nom de Kucci. Il vit alors l'impact que ces cinq lettres pouvaient produire sur des femmes de l'âge de Laure. Elles étaient en transe. Kucci, mot magique, sésame d'un monde de luxe inaccessible mais tellement convoité. La fierté envahit Félicien. Il avait fait le bon choix, sans aucun doute, et ces deux nénettes se damneraient pour porter des bottes de cette marque. Ce fut donc le cœur léger qu'il commença à tirer ses traits. Il n'était pas en avance. De temps en temps, il jetait un coup d'œil au sac posé à ses pieds, et son cœur battait un peu plus vite pendant quelques secondes. Tout son amour pour Laure était dans ce sac.

Régulièrement, Félicien s'octroyait une pause. Il descendait au bas de l'immeuble pour fumer. Souvent Sophie se joignait à lui. Il l'aimait bien. Elle était franche et souriante. Elle n'avait pas d'ego et ne se prenait pas pour une artiste comme ses collègues de l'atelier. À vingt-cinq ans, elle savait ce qu'elle voulait. Ne pas se faire chier dans la vie, voyager, et surtout elle avait un projet : travailler à l'étranger pendant quelques années. Pour cela, elle passait son CAP de cuisinière afin de trouver du boulot n'importe où dans le monde. Elle avait cette chance de fumer de temps en temps quand ça lui chantait. Félicien était très admiratif et même jaloux de son rapport à la cigarette. Il trouvait que c'était là le summum de la liberté : fumer seulement par plaisir. Cette fois, il avait tenté de l'esquiver en allant aux toilettes et en prenant un café à la machine. Mais la curiosité de Sophie était trop forte. Quand il descendit, elle était encore là. Qu'est-ce que tu as acheté à Laure, alors ? Elle rit de son jeu de mot involontaire. Félicien alluma sa cigarette, prit une grande aspiration, souffla la fumée un peu trop rapidement. Une babiole, un petit rien. Dis donc, c'est un peu gros pour un petit rien ? Tu te moques de moi. Il brûlait de le lui dire, il finit par le dire. Sophie tordit le nez. Tu veux dire que tu as acheté des bottes Kucci ? Vraiment, tu me déçois. Je suis sûre que tu as payé ça une fortune, au moins 350 euros ? Je ne pensais pas que tu pouvais tomber dans ce genre de panneau. La marque, c'est nul. Tu sais qui possède Kucci ? C'est Pignard, le mec qui délocalise tout à l'Est, qui a mis plus de deux mille personnes sur le carreau. Mais non tu te trompes, ces chaussures-là sont fabriquées en Italie. Ce n'est pas ce que tu crois. Bien sûr, Kucci, c'est la marque phare, l'arbre qui cache la forêt. Pour une paire de bottes encore fabriquée à l'ancienne dans des ateliers italiens, tu as des millions de paires de baskets Adike fabriquées en Chine et plusieurs centaines de milliers de chaussures Taba fabriquées en Europe de l'Est et encore des milliers de... Félicien l'interrompit. Moi, j'ai acheté des bottes fabriquées en Italie. C'est tout. Et ce n'est pas la marque que j'ai achetée, mais le style, la beauté de l'objet. Sophie fit la moue. Moi, si on m'offrait un tel cadeau, je ne l'accepterais pas. C'est trop lourd de sens. Elle écrasa sa cigarette et partit.

Félicien resta seul avec son café refroidi et sa mauvaise conscience que Sophie venait de réveiller. Il se sentait sale. Il s'était conduit comme un enfant gâté. Il n'avait pas de sens politique. Il ne savait pas que Kucci appartenait à Pignard. Il détestait pourtant Pignard. Il connaissait son cynisme et son âpreté au gain. Il avait déjà assisté à de nombreuses discussions dans des dîners sur le cas Pignard. Il devrait vomir Pignard. Et voilà qu'à sa façon il contribuait à l'engraisser. Laure savait-elle que Kucci était entre les mains de Pignard ? Si oui, il était marron. Laure ne transigeait pas sur l'éthique. Sur l'étiquette, sur le produit. Laure se voulait équitable, politiquement correcte, concernée. Laure achetait bio, traçable, elle ne mangeait que des poulets qui ont couru, des vaches qui ont mangé de l'herbe sans pesticides, des poissons nourris avec de la farine bio, du lait récolté à moins de trois cent trente kilomètres de chez elle, des œufs de poules vivant en liberté, du jambon de cochon élevé à la ferme, des carottes de maraîchers, des pommes de terre de Noirmoutier qui étaient en voie de disparition, des fromages non industriels au lait cru et fermier, du chocolat importé d'Équateur dont la photo du producteur ornait le paquet, du riz violet ensemencé au Vietnam dans des exploitations équitables, des céréales complètes, des lentilles non triées, du thé vert cueilli à la main par des adultes correctement traités. Si elle avait mangé des yaourts, si elle avait aimé les cornichons, elle aurait fabriqué elle-même ses yaourts au lait de brebis et ses conserves de cornichons. Laure était exigeante quant à la qualité des produits et à la façon dont ils avaient été fabriqués. Laure allait détester ces bottes. Laure allait le mépriser d'avoir acheté ces bottes. Félicien était anéanti.

Comme pour se mortifier un peu plus, il décida de prendre l'escalier pour remonter les cinq étages. De retour à sa table, il tapa Pignard sur Google :

Pignard : le retour de « Gilou » le prédateur - Eco89

27 avr. 2010 - Redevenu riche, Pignard compte profiter de la crise pour consolider ses affaires et, pourquoi pas, dans le luxe…

eco.via89.com/…/gilles-pignard -le-retour-de-gilou-le-predateur - En cache - Pages similaires.

Gilles PIGNARD : Biographie de Gilles PIGNARD - mister-biographie.com

Biographie de Gilles PIGNARD, Gilles PIGNARD, biographie de PIGNARD et la vie de Gilles PIGNARD, l'histoire de Gilles PIGNARD, les photos de Gilles PIGNARD…

www.mister-biographie.com/…/Gilles_Pignard-1999.php - En cache - Pages similaires.

Gilles Pignard - Acteurs - Culture - Actualité

Ainsi, en plaçant vos petites économies, vous pourriez gagner beaucoup, beaucoup d'argent, peut-être même autant que Gilles Pignard avant de vous donner une...

www.dikio.fr/culture/acteurs/Gilles_ Pignard - En cache - Pages similaires.

Gilles Pignard : capable de tout... même du meilleur ! Regardez !

19 juin 2011 - Hier soir, Laurence Ferrari recevait Gilles Pignard sur le plateau de son JT sur TF1. Juste avant que l'homme d'affaires ne prenne la parole...

www.nicepeople.com/.../Gilles-Pignard.../1 - En cache - Pages similaires.

Félicien choisit la première entrée. La photo de Gilles Pignard apparut sur l'écran. Il souriait au-dessus de son éternelle lavallière, l'air content de lui.

Gilles Pignard, qui a connu quelques revers ces dernières années, revient en force en cette période de crise. Blanchi dans la sombre affaire des fausses factures de la société Zibeline, il reprend le devant de la scène en rachetant deux marques de luxe, Kucci et Valancel. Dans ses dernières déclarations, il précise vouloir vendre les magasins Virgnac et Conforatout et ne conserver que des marques de luxe. Il se dit çà et là qu'il serait pressenti pour racheter la marque de haute couture Christophe Lerond. Dans un même temps, on apprend que l'usine de Sablé, Grolifex, fermera dans un mois et qu'elle sera délocalisée en Pologne. Les employés de Grolifex avaient pourtant accepté de revenir aux quarante heures depuis six mois sans augmentation de salaire. Ironie : certains cadres de l'usine vont aller en Pologne pour former les nouveaux ouvriers et remonter les machines. Pendant ce temps, les actions Pignard ne cessent de grimper.

Félicien était atterré par ce qu'il était en train de lire. Pourquoi n'était-il pas au courant pour Kucci et Pignard? Laure ne pourrait que lui reprocher ce cadeau si politiquement incorrect. Pigard venait de mettre plus de trois cents personnes sur le carreau alors qu'elles avaient consenti à faire un gros effort sur leur salaire. En plus, il poussait le cynisme jusqu'à demander à ceux qu'il avait virés de former ceux qui allaient travailler à leur place pour un salaire trois ou quatre fois inférieur. Bien sûr, cela ne concernait pas directement les bottes qu'il avait achetées. Sophie avait évalué le cadeau à 350 euros. Pour elle, cette somme était déjà démesurée. Que penserait-elle si elle en connaissait le véritable prix ? Elle ne pouvait même pas l'imaginer. C'était au-delà de ce qu'elle pouvait imaginer. Sophie avait raison. Ce cadeau n'était ni raisonnable ni approprié. Laure allait le lui renvoyer en pleine figure. Comment as-tu pu penser que je mettrais des bottes Kucci comme toutes ces gonzesses bling-bling qui affichent sur elle la bonne santé de leur compte en banque ? Comment as-tu pu croire que j'allais accepter un tel cadeau ? Il voyait sa bouche proférer ces mots. Il voyait Laure, tendue comme un chien prêt à mordre. Il la voyait dans sa colère. Elle savait se mettre en colère, cette faculté l'avait toujours subjugué. Elle y mettait de l'énergie, multipliait les arguments, sa capacité d'indignation n'avait pas de limites. Quel que soit le contexte, les gens présents, elle démarrait au quart de tour. Félicien, tu es devenu fou. Tu veux me discréditer, moi qui ai signé toutes les pétitions contre Pignard, qui me suis fâchée avec mon amie d'enfance à cause de lui et de son capitalisme outrancier quand, il y a six mois, il a racheté les conserves Midoux et que Clarisse a profité de la situation pour acquérir des actions à bas prix. Tu crois que je vais m'exhiber avec des bottes siglées Kucci ? Ce n'était plus de la colère mais de la rage. Allait-elle prendre la boîte et la lui balancer à la figure ? Ou prendre les bottes et les jeter par la fenêtre ? Ou les deux ? Allait-elle se fâcher avec lui comme elle avait pu le faire avec sa vieille amie, celle qu'elle traînait depuis le cours préparatoire, la fidèle, la plus fidèle de toutes.

La souris sauta dans sa main, le trait partit en diagonale. Félicien n'était plus à son travail. Le plan n'avançait pas. Dans le coin droit de l'écran, la fenêtre Messenger affichait un message de Sophie. Magne-toi, ks tu fous, j'attends tes plans pour avancer. Si ça continue, on sera encore là à minuit. Félicien ignora le courroux de Sophie. Il détestait cette manière de communiquer. À peine cinq mètres les séparaient et il fallait passer par des tuyaux qui faisaient trois fois le tour de terre pour qu'elle lui dise ça ? Sur le fond, elle n'avait pas tort. Son travail n'avançait pas. La matinée perdue se faisait sentir. Ce n'était pourtant pas bien compliqué, ce qu'on lui demandait. Tracer des lignes en perspective, des murs, des cloisons, des passages, des ouvertures. Le client n'avait aucune imagination, son magasin ressemblait à bien d'autres, déjà aménagés par l'agence. Félicien chaussa ses lunettes. Des lunettes vaguement bleutées qui lui donnaient un faux air de John Lennon. Il avait trouvé ce truc pour se concentrer. Le fait de mettre des lunettes le forçait à regarder droit devant lui, l'obligeait à fixer son regard sur son boulot. Axelle se moquait de lui, prétendant qu'il essayait de se donner un look d'intellectuel trendy. Il avait donc cette image, celle du type qui veut avoir l'air de quelque chose, une victime de la mode. Un métrosexuel, avait dit Sophie. Métrosexuel, il était allé voir dans Wikipédia : le mot est composé de « métro » en référence à l'homme métropolitain et de « sexuel », l'homme (dans le contexte de séduction et d'attirance sexuelle). Le terme renvoie à un homme urbain narcissique dont la vie s'articule autour du soin de sa peau, de sa nourriture et de son apparence, tel David Beckham, première égérie métrosexuelle. Il aime la mode et apprécie les vêtements de marque, fait très attention à son corps. Richard Castle, le personnage principal de la série télévisée Castle, est souvent qualifié de métrosexuel par Kate Beckett, l'autre personnage important de la série. C'est donc ainsi que le voyait Sophie. Une espèce d'éphèbe dont la seule préoccupation est de paraître. Il avait été déprimé quelques jours, puis avait oublié.

Il était plus de vingt et une heures lorsque Félicien sortit de l'agence. Quand il était célibataire, il se rendait souvent dans un bar de la rive droite où il avait ses habitudes. Il se trouvait toujours là un ou deux copains qui, comme lui, avaient leur soirée libre. Après quelques bières, ils finissaient inévitablement par avoir faim et terminaient la soirée dans un restaurant du coin. Félicien n'aimait pas les habitudes et pourtant les accumulait. Il lui plaisait d'appartenir à une tribu, d'être reconnu, d'avoir ses trajets, ses endroits. Le Bilboquet était le lieu d'où tout partait : les idées de fêtes, comme la consolation d'un chagrin d'amour ou la célébration d'un quelconque événement. Ce soir, il s'apprêtait à s'y rendre – changer à République, descendre à Bastille – quand une angoisse le saisit. Une telle sortie se soldait toujours par une dépense avoisinant les 60 euros. Trois bières, un repas accompagné de vin et le taxi pour rentrer, car il loupait toujours le dernier métro. Quatorze sorties de ce genre équivalaient au prix des bottes. Il sortait au moins une fois par semaine. S'il s'en abstenait ce soir, il aurait déjà économisé un quatorzième des bottes. En quatorze semaines, il aurait remboursé son achat déraisonnable.

Correspondance. La 9 pour rentrer chez lui, la 5 pour se rendre au Bilboquet. Félicien emprunta le couloir. Toi et Moi bague : diamant 0,15 et certifié, pavage diamant, 460 €. Il se souvenait de : Un diamant est éternel. Moins cher que les bottes, et éternel. Il était décidément inconséquent. Un bijou aurait été de circonstance. Un bijou s'expose, comme une preuve de l'amour qui lie deux personnes. Oui, mais Laure ne mangeait pas de ce pain-là. Elle aurait dit, tu me prends pour ma mère ou quoi ? Tu me vois aller au bureau avec ça ? Ça fait future rombière. Je ne suis pas une future rombière. Et comme elle avait raison. Insensiblement, le sac Franprix se balança un peu plus au bout de son bras. Il avait eu raison. Les bottes ne sont pas éternelles, elles sont adaptées. Elles sont pour Laure. Ce n'est pas un cadeau qui s'étale dans les couloirs du métro. Tapis roulant. Vdiscount : votre ordi pour 330 euros. Payez en trois fois sans frais. La pub est minimaliste et moche. Mais efficace. Payez en trois fois sans frais. Il aurait dû y penser. On ne le lui a pas proposé, mais il aurait dû y penser. Laure possédait une tonne de cartes, son portefeuille en était gonflé. Des dizaines de morceaux de plastique qui donnaient droit à des avantages de toutes sortes que Félicien ne comprenait pas vraiment. Il aurait certainement pu payer ces bottes à crédit. Il aurait fallu pour cela qu'il prenne la carte. Il se sentit bête, pas adapté, minable. Il ne savait pas tirer profit de la société de consommation. Laure, elle, savait. Félicien n'y avait pas pensé. Il n'avait jamais rien acheté à crédit, à part ses études. Un prêt étudiant qui lui avait permis de vivoter pendant deux ans et qu'il avait mis plus de cinq ans à rembourser. Il avait alors juré qu'on ne l'y reprendrait plus. Payer en trois fois aurait arrangé ses affaires. 289,98 euros par mois. Indolore ou presque. Mais fait-on un cadeau à crédit ? L'amour n'est pas à crédit. Imagine que Laure te quitte le mois prochain. Tu continuerais à payer les bottes alors qu'elle serait partie les frotter ailleurs ? Une bague, ça se rend, c'est ce que veut la tradition. On quitte, on rend les bijoux. C'est en tout cas ce que disent les manuels de savoir-vivre. Quelqu'un rend-il encore aujourd'hui les bijoux en cas de rupture ? Une paire de bottes, ça ne se rend pas, non.

Acheter à crédit est prétentieux. C'est penser que, dans trois mois, Laure sera toujours là, toujours amoureuse. Et penser aussi que je serai toujours là et toujours amoureux. Là-dessus, pas de doute. Félicien n'en avait pas, dans trois mois il serait encore amoureux. Comment pouvait-il l'affirmer? Trois mois avant de quitter Marie, il était encore amoureux. Il était parti un soir de juin après une dispute assez anodine. Elle voulait regarder une connerie à la télé quand lui souhaitait écouter un CD acheté dans l'après-midi. Il avait fini par piquer le fil de l'antenne et pousser sa musique à fond. Égoïste, macho, salaud, elle l'avait traité de tous les noms. Jusque-là, il ne s'était pas vraiment fâché. Il la regardait avec amusement, avec un peu de d'effronterie aussi. Finalement elle avait sorti le disque de la platine et l'avait cassé en deux. Félicien n'avait dit mot, avait pris la porte et n'était jamais revenu. En avril, soit trois mois plus tôt, presque jour pour jour, ils s'étaient promenés sur les quais de l'île Saint-Louis. Il se souvenait des glaces achetées chez Bertillon, des rillettes dégustées dans un bistrot et surtout de la nuit qui avait suivi. Pas de doute, il était amoureux. Une nuit où il aurait pu faire un enfant, une nuit d'harmonie et de plaisir, une nuit qui vous donne confiance en l'avenir. Quatre-vingt-dix jours plus tard, ç'avait été le soir de toutes les mesquineries. Le genre de scène qui ne se produirait jamais avec Laure. Et Léa ? D'elle, il avait été amoureux trois mois, pas un de plus. Quatre-vingt-dix-huit jours exactement. Après Marie, il s'était astreint à quelques mois d'abstinence. Il en avait marre des filles. Et il avait rencontré Léa. Dans un TGV entre Paris et Nantes. Elle n'avait rien pour lui plaire, sinon un air hautain de fille de bonne famille qui l'avait autant agacé que séduit. Après avoir hésité jusqu'au Mans, il avait penché pour la séduction et lui avait demandé de lui prêter son magazine. Il avait découvert alors les nouveautés de la mode d'été, le courage des femmes afghanes et la nouvelle lâcheté des hommes. Il avait engagé la conversation sur ce dernier sujet. Elle avait son opinion : Les hommes sont de plus en plus lâches. Ils n'ont plus à prouver qu'ils peuvent subvenir aux besoins de la famille, ils ne sont plus dans la protection, mais ils n'ont pas gagné en courage. Depuis toujours, ils font preuve de lâcheté dans de nombreux domaines : la maladie, l'amour, les sentiments en général. Aujourd'hui, ils se révèlent lâches dans le travail et ont de plus en plus de peine à s'engager. Ces propos plutôt extrêmes n'allaient pas du tout avec le pull camel, le pantalon blanc en lin et la queue-de-cheval sagement retenue par un chouchou en velours. Il lui avait offert de lui rapporter un café du wagon-bar. Elle avait accepté sans proposer de l'accompagner. Il en avait conçu une légère vexation qui avait confirmé son impression première, elle avait l'habitude qu'on soit à son service. Cela allait quelque peu à l'encontre de ses déclarations sur les hommes, mais Félicien décida de passer outre. Quand il était revenu avec les gobelets, la belle s'était endormie. C'était une chieuse, avait-il pensé. La suite avait confirmé cette assertion. Léa était une chieuse intelligente, une vraie égoïste campée sur ses positions, une enfant gâtée qui savait jouer des humains avec habileté. Une magnifique chieuse qui l'avait laminé pour des mois.

Il aurait dû payer en trois fois, mais on ne le lui avait pas proposé et il n'y avait pas pensé. La 5 à droite, la 9 tout droit. Au moment où Félicien ralentit, son portable vibra dans sa poche.

Tu viens ? Laurent propose plat de spaghet' chez lui. Oui ou non ?

Oui ou non. La question était posée. Il hésita, prit la direction de la 9, puis se ravisa et s'engagea dans le couloir menant au quai de la ligne 5.

Celui-ci était étrangement vide. Seul un groupe de trois SDF occupait les lieux. Ils parlaient fort et buvaient de grandes canettes de bière. Félicien choisit de s'asseoir à bonne distance. Et répondit au message.

Suis là dans un quart d'heure. Attendez-moi.

Il remarqua alors que le quai d'en face était tout aussi vide. Il se sentit mal à l'aise comme s'il était responsable de ce vide. Une voix retentit :

Mesdames, Messieurs. En raison d'une panne de signalisation les trains ne circulent plus entre Gare-de-l'Est et Bastille.

Veuillez emprunter les correspondances pour effectuer votre trajet. Veuillez nous excuser pour ce désagrément. Je répète…

Félicien se dit que c'était là un coup du sort, un mauvais coup de là-haut, un avertissement. La ligne ne fonctionnait pas pour l'empêcher de faire une bêtise, pour lui indiquer le droit chemin. Il ne devait pas aller rejoindre ses copains, il devait être sage et rentrer chez lui. Il se leva pesamment et se dirigea vers le couloir de correspondance, envoya un message laconique à Arnaud : Suis fatigué, finalement je rentre. À +.

Contrairement à celui qu'il venait de quitter, le quai direction Mairie-de-Montreuil était noir d'une foule morne et silencieuse. Les six minutes d'écart entre chaque train emplissaient le quai comme aux heures de pointe. En face, Amour le jour se lève montre nacre et diamants, 395 €. Une femme portait la montre, ses cheveux cachant la moitié de son visage. Elle ressemblait à Laure avec quelques années de plus. 395 €, la moitié du prix de la paire de bottes. Un petit peu moins. Les bottes étaient chères et cette montre ne l'était pas assez. La montre ne pouvait tenir ses promesses à ce prix. Faux luxe. Et pourquoi un nom aussi ridicule ? Il s'imaginait offrir à Laure une montre qui s'appelle Amour le jour se lève. Ça le fit sourire. Il se voyait à genoux aux pieds de Laure, son paquet enrubanné dans les mains : Tiens, ma chérie c'est pour toi, Amour le jour se lève. Ridicule. Les bottes n'ont pas de nom, elles n'en ont pas besoin. Elles sont Kucci et magnifiques, surtout. Félicien ferma sa main pour mieux tenir le sac mais ses doigts serrèrent le vide. Panique. Sa main gauche ne tenait rien. Il regarda à ses pieds, et devant lui et derrière. Rien. Il scruta ses voisins. Il se tourna, se retourna, sentit son estomac remonter dans sa gorge, la chaleur envahir son visage. Puis un froid glacial. Il avait oublié le sac sur l'autre quai. Il l'avait posé à terre pour composer son SMS et l'avait oublié. La rame entra en gare, Félicien ne devait pas y monter. Il devait retourner sur le quai de la 5. Il devait aller à contre-courant. Jouer du coude et du genou pour ne pas monter. Ne pas se laisser entraîner. Bousculer. Passer devant. Dépasser tout le monde, reprendre le chemin en sens inverse. Suivre les points jaunes indiquant la ligne 5. Félicien se mit à courir, les couloirs lui paraissaient interminables, les gens marchaient trop lentement. Il avalait les escaliers, se précipitait, se trompait, remontait et atterrit enfin sur le bon quai. Il était toujours aussi vide. Encore plus vide, le sac n'était plus là. Il tapa du pied de rage. Merde, merde, merde. Il se maudit, s'invectiva. Les trois SDF se tenaient toujours au bout du quai, il se dirigea vers eux. Quand il s'approcha, ils cessèrent de parler, puis le plus jeune, barbe de quinze jours, cheveux en épis, survêtement bleu roi, l'apostropha en levant sa canette : Tu veux boire un p'tit coup? Mais je te préviens, c'est pas de la p'tite bière! Les deux autres s'esclaffèrent. Félicien fit non de la main. Je suis désolé de vous interrompre mais... Et c'est là qu'il vit calé contre le banc, le sac Franprix, celui-là même qui cachait le sac Kucci. Il le montra du doigt. C'est à moi, ce sac. Le jeune barbu regarda Félicien, regarda le sac, et regarda Félicien de nouveau. Comment ça, c'est à toi ? C'est à nous. Félicien ne se démonta pas. C'est à moi, je l'ai oublié il y a cinq minutes, là-bas, à côté de la première rangée de sièges. Je me suis assis, j'ai envoyé un SMS et je l'ai oublié, rendez-le-moi. Un petit râblé vêtu d'un treillis se leva. Doucement, mon petit bonhomme. On veut bien discuter, mais calmement. Je suis calme. Je veux juste récupérer mon bien. Et comment on pourrait être sûr qu'il t'appartient ce sac ? Ce sont des chaussures de gonzesse. Qu'est-ce que tu foutais avec des chaussures de gonzesse ? Le troisième qui semblait nettement plus âgé ne s'était pas levé ; allongé sur le rebord recouvert de céramique, il tournait le dos à Félicien. Ouais, des godasses. C'est sûr, on aurait préféré autre chose. Nous, on pensait qu'on avait touché le gros lot, un panier de courses avec de la boustifaille. Tu vois, des trucs consommables qui nous auraient rempli l'estomac. Et puis, c'est vrai, qu'est-ce que tu foutais avec ces grolles pour minette ? Félicien sentit une rigole se former entre ses omoplates. C'est un cadeau. Le plus vieux se retourna. Un cadeau ? Pour qui ? Ta copine ? C'est ça que tu lui offres ? Ben, dis donc, c'est pas très glamour. Tu aurais pu te fendre d'un bijou. Elles aiment ça, les filles, les bijoux. Et au moins tu ne l'aurais pas oublié sur le quai du métro ! Les deux autres rirent à la blague. Vous avez raison, un bijou, je ne l'aurais pas perdu. S'il vous plaît, rendez-moi ces bottes, c'est très important pour moi. Il glissa la main dans la poche intérieure de sa veste. Je peux faire quelque chose pour vous ? Ah oui, tu veux faire quelque chose pour nous ? Ben alors, trouve-nous un travail et un toit, si tu veux nous aider ! Rires. Et puis une belle nana avec et ça fera l'affaire. Rires. Félicien arrêta son geste. Il s'approcha du sac et se pencha pour le prendre. Une main velue saisit son bras. Tsst tsst, pas si vite, mon gars. C'est à nous maintenant. C'était le petit râblé. Félicien se raidit, fit un pas de côté. La main le lâcha. Il regarda autour de lui dans l'espoir de trouver de l'aide, mais le quai était désespérément vide. Seule la voix du haut-parleur venait envahir l'espace à intervalles réguliers. Le vieux se leva et se dirigea vers lui. Tu m'as l'air d'un gentil gars. On va faire affaire. Tu vois, là, il est – quelle heure est-il ? Félicien sortit son portable. Vingt et une heures quarante-deux. Bon tu vois, il est tard et nous, on a rien becqueté de la journée. Alors puisque tu es gentil, tu vas aller nous chercher à manger. Il y a un Monop au coin de la rue. C'est encore ouvert. Nous, on peut pas y entrer parce que les vigiles nous mettent dehors. Tu vas y aller et nous acheter de quoi nous remplir la panse. Après, on te rendra les pompes de ta nana. Félicien acquiesça. On va te faire une liste. Le vieux sortit un carnet à spirale de sa poche de pantalon, un stylo rose siglé Aubade et s'assit. Les deux autres le suivirent. Il commença à écrire en parlant à haute voix : Du pain, il faut du pain, et puis du sauciflard, de la charcut', du jambon, et s'adressant à Félicien : Enfin tu vois, quoi. Et puis du thon et de la mayo. Des sardines, ça vous dit, des sardines, les gars ? O.K., des sardines, mais top, hein, t'achètes pas le premier prix. Les sardines, ça demande de la qualité. Et puis des desserts. Nous, ce qu'on aime, ce sont les gâteaux, tu sais le genre Savane ou les brownies. Tu peux prendre aussi un quatre-quarts. J'adore ça, le quatre-quarts, ça me rappelle ma mère, elle nous faisait toujours un gâteau pour le goûter du mercredi. Et puis du pif, tu peux prendre trois bouteilles de Podevin, il est bon et raisonnable du point de vue prix. Et pour finir un pack de 8.6, tu sais les grandes canettes. Voilà, je crois qu'on a tout, là. Qu'est-ce t'en dis, Miro ? Le jeune réfléchit. On pourrait ajouter des clémentines, c'est bon pour la santé. Le vieux écrit clémentines sur sa liste. Bon, voilà, t'as plus qu'à aller nous chercher tout ça. Félicien prit la feuille de papier que lui tendait l'homme. O.K., j'y vais. Miro va t'accompagner pour t'aider à porter. Il t'attendra dehors. Miro sauta sur ses pieds, enfila une vieille canadienne et fit signe à Félicien de le suivre. Pour la troisième fois, Félicien emprunta le même couloir. Miro marchait vite, il connaissait les lieux, prit deux passages interdits. Félicien suivait. Arrivé au Monop, Miro fit signe à Félicien d'y entrer. Je t'attends là.

T'as pas une clope ? Félicien sortit son paquet, Miro en préleva trois.

Il ne fallut pas beaucoup de temps à Félicien pour réunir les denrées qui figuraient sur la liste. Il remplit deux paniers et se dirigea vers la caisse. 66,45 €, la note était salée. Quand il vit les six sacs en plastique, il remercia le vieux d'avoir pensé à le faire accompagner. Il sortit, Miro finissait sa troisième cigarette. Il lui prit la moitié des sacs et se dirigea vers la bouche de métro, puis se ravisa. Dis-moi, tu m'offrirais pas un ou deux paquets de clopes ? Sans attendre la réponse, Miro bifurqua et prit la première à droite. Ils marchèrent en silence. La pluie froide s'était remise à tomber. Félicien se sentit soudain très seul. Cette journée n'en finissait pas et la note s'allongeait. Ils marchèrent un temps qui lui parut interminable, les anses des deux sacs en plastique lui entaillaient les doigts. Miro pressait le pas, enfin ils atteignirent un boulevard puis le tabac. Miro y entra sans attendre Félicien, le patron le salua : Salut, Miro. Il demanda trois Malboro et se retourna pour faire signe à Félicien de payer. En sortant, Miro remercia Félicien et enchaîna : J'aurais pu prendre une cartouche. Moi, je suis pas comme le vieux, je sais ce que ça vaut ce qu'il y a dans ton paquet. Y a pas à dire, c'est des belles pompes. Je m'y connais. Avant d'être locataire à la station République, j'étais dans le prêt-à-porter. Je vendais des fringues. D'abord j'ai été employé chez Marks & Spencer. C'était un grand magasin anglais qui était en face des Galeries Lafayette. Et puis, un jour, ils ont mis la clef sous la porte et on a été licenciés. Je suis parti avec un petit pactole, alors j'ai décidé d'ouvrir une boutique dans le Xe, près de Magenta. J'avais une femme et deux gosses. J'ai choisi les vêtements de sport, ça me paraissait bien comme créneau. Ma femme travaillait à la Poste. Elle a démissionné pour m'aider. Ça a un peu marché au début et puis très vite on a pris le bouillon. J'étais pas préparé à ce genre de job, on a fait des conneries, on avait trop de stock. Finalement j'ai dû fermer la boutique au bout de deux ans. Je devais plein d'argent à tout le monde :

l'URSSAF, les fournisseurs, les impôts. Ils se sont servis, on a été obligés de vendre notre appartement et la voiture. Tout, quoi. Ma femme m'en a voulu, elle m'a quitté, puis elle est repartie dans sa ville en Normandie. J'ai trouvé des jobs mais toujours merdiques, je vivais dans une chambre de bonne et puis dès que j'avais trois francs ça allait pour payer les dettes, alors j'ai lâché la rampe. Ça fait cinq ans. Cinq ans que je suis dans la rue. Je dirais que c'est classique comme histoire. Miro murmurait presque, il avait tout débité sur un ton monocorde sans haine, ni émotion. Félicien ne savait que dire. Pourquoi on t'appelle Miro ? C'est Mangin, le vieux, qui a trouvé ça, il dit que je ressemble à un tableau parce que je m'habille toujours avec des couleurs qui pètent. Et toi, tu fais quoi? Tu es aussi dans le prêt-à-porter? Non, je suis dessinateur dans une boîte qui aménage des magasins. C'est cool comme job, ça, non? Ça va. Ils étaient arrivés à la bouche de métro. Miro sauta par-dessus les portillons, Félicien sortit sa carte Navigo, il se sentit un peu bête.

Sur le quai, le groupe avait grossi. Deux nouveaux s'étaient installés sur les bancs. Ils avaient l'air en piteux état. L'un d'eux gueulait tout seul, une bouteille vide à la main, ça ne semblait pas perturber les autres qui discutaient. Le vieux les accueillit : Ah vous voilà, je commençais à me demander s'il ne vous était pas arrivé quelque chose. Miro sortit les paquets de cigarettes. On est allés au tabac. Il tendit les sacs en plastique au vieux, puis prit ceux de Félicien et les posa à côté. Le vieux sortit un torchon d'une musette, le posa sur le rebord en céramique, et commença à vider les sacs en alignant les produits dessus. Félicien restait en retrait. Il voulait récupérer son sac et partir. Son téléphone vibra dans sa poche. Un message de Laure. Mon Titou, ça va ? Tu me manques. L'hôtel est moche, la télé ne marche pas, il fait froid. Je me mets sous les couvertures et j'attends ton appel. J'ai plus de forfait. Love mon amour. Il fallait qu'il récupère son sac au plus vite. Il fallait qu'il contacte Laure. Il ne pouvait pas appeler Laure, là avec les autres autour. Comment lui expliquerait-il qu'il était dans le métro avec des SDF ? Il rangea son portable. Alors, c'est ta poule ? Elle t'attend, tu es en retard ? Le petit râblé en avait contre lui. Il décida de l'ignorer, s'avança vers le vieux. Je peux avoir mon sac maintenant ? Il faut que j'y aille. Il n'eut pas le temps de répondre qu'un des nouveaux, pas celui qui gueulait, l'autre, un petit sec au poil brun, se mit entre eux. Tu vas bien trinquer avec nous. Mangin m'a dit pour le sac et les courses que t'as faites. C'est sympa, mais ce serait encore plus sympa si tu partageais un peu avec nous. Il avait sorti son couteau pour couper le saucisson et le brandissait devant lui en faisant de grands gestes. Le vieux dit : Laisse-le tranquille. Le nouveau le regarda avec méchanceté. Il peut prendre ses grands airs, le monsieur, mais si vous aviez pas été là, il l'aurait jamais retrouvé son sac, hein ? Alors il peut boire un coup avec nous pour fêter ça. Une bouteille était ouverte. Le petit râblé s'approchait de lui avec un gobelet plein. Félicien fit non de la tête. L'homme ignora son geste et lui colla le gobelet dans la main. Dans sa poche, le téléphone vibra. C'était

Laure, il en était sûr. Il en avait marre, il voulait partir, rentrer chez lui. Il voyait le sac, il allait le prendre et s'enfuir. Il se dirigea vers le groupe. Comme s'il avait lu dans ses pensées, l'hirsute lui fit barrage. Alors, petit gars, il est pas bon not' rouge? Tu fais la fine bouche? Il avait toujours son couteau à la main. Fous-lui la paix. C'était le vieux qui avait parlé. Bousculant l'hirsute, Félicien avança. Le quai était toujours vide, le haut-parleur continuait de déverser son message. Félicien touchait au but, il se baissa, approcha la main pour attraper les poignées du sac quand il sentit une tenaille lui enserrer le bras. Il se retourna. L'hirsute le tenait fermement. Félicien tenta de se dégager, mais l'homme lui envoya son poing dans la figure. Félicien tomba sur le quai. Le petit sec avait rejoint son pote. Ils étaient deux sur lui. Félicien tenta de se relever, le petit râblé lui mit un coup de pied dans les côtes, puis un deuxième. Son compagnon s'y mit aussi. Dos au mur, Félicien essayait d'esquiver les coups. Il ne savait ni courir ni se battre. Il tremblait, tenta de se mettre en boule, cria. Il se sentait faible et con. Il se dit que le quai était vide, qu'il était à la merci de ces hommes, qu'il n'aurait jamais dû essayer de récupérer son sac. Il se dit que les SDF n'étaient pas tous gentils. Il se dit qu'il aurait dû se souvenir de ce reportage vu à la télévision qui montrait la violence que les SDF exerçaient entre eux. Il se disait tout ça quand il entendit la voix de Miro. Ça va pas les gars, vous êtes cinglés ou quoi ? Puis les poings de Miro sur le visage de l'hirsute, les mains de Miro qui l'empoignent. Miro qui se prend un coup de tête de la part du petit sec. Félicien est maintenant debout, Miro le tient fermement et l'entraîne au pas de course vers la sortie. Les deux sont à leurs trousses. Le petit sec a son couteau à la main. Miro sait où il va, il tire Félicien. Dans les couloirs, les voyageurs s'écartent sur leur passage. Les deux poursuivants gueulent. Miro ne dit rien, il court. Et tout à coup s'arrête, ouvre une porte, pousse Félicien dans le noir, le suit, referme la porte. Ça sent la Javel, le désinfectant. Ils sont dans une sorte de grand placard. Félicien halète,

Miro lui demande le silence. Il entend le bruit assourdi des voyageurs qui passent et, au loin, les cris de leurs poursuivants. Un rai de lumière éclaire faiblement l'endroit. En tournant la tête, Félicien aperçoit des silhouettes qu'il n'identifie pas. Miro chuchote : On va attendre dix minutes ici et on sortira. Il prend la main de Félicien et lui glisse quelque chose dedans. Félicien reconnaît les anses du sac Franprix. Félicien n'ose pas parler. Il souffle un tout petit merci entre ses lèvres. Miro ne répond pas. Ils attendent. Dix minutes plus tard, Miro ouvre prudemment la porte. La lumière entre violemment dans le gourbi. Félicien s'aperçoit alors qu'ils sont plantés entre des balais, des seaux, des bouteilles de produits d'entretien. Miro lui dit : On y va. Il lui prend la main et l'entraîne. En quelques secondes, ils sont dehors. Miro lui dit : Rentre chez toi et oublie tout ça. Il ne faut pas leur en vouloir, l'alcool et la frustration les rendent méchants. Il fait froid en ce moment, on est obligés de se terrer comme des rats, ça finit par taper sur le système. Félicien acquiesce, remercie, demande à

Miro s'il peut faire quelque chose pour lui. Non, rien, je vais aller grailler avec les autres. Si tu repasses par là, viens me faire un petit bonjour, ça me fera plaisir. Tu feras une bise à ta copine de ma part quand tu lui offriras son cadeau. Il fit un clin d'œil et s'engouffra dans la bouche de métro.

Il était presque vingt-trois heures. Félicien se sentait vidé. Il s'assit sur un banc et décida d'appeler Laure. Il savait qu'il la réveillerait, mais il avait besoin de l'entendre. Elle répondit à la troisième sonnerie, sa voix était ensommeillée. Je dormais. T'es où ? Pourquoi tu ne m'as pas appelée plus tôt ? Félicien mentit. Il dit avoir été au bistrot, avoir traîné avec Bruno, sa batterie était à plat, il n'avait pas son chargeur sur lui, il lui avait fallu attendre d'être rentré pour pouvoir l'appeler. Tu me mens. J'entends des voitures, tu es dans la rue. Mais non, j'ai ouvert la fenêtre. Par ce froid ? Oui, ça puait trop. J'avais oublié le camembert sur la table de la cuisine. Félicien, je te trouve bizarre. Tu me caches quelque chose. Non je t'assure mon amour, je ne te cache rien. J'ai eu une grosse journée, je suis fatigué, je vais aller me coucher. Félicien, si jamais tu m'as menti, je le saurai. Félicien frissonna, il savait qu'elle avait raison, il allait devoir avertir Bruno. Il réfléchit rapidement : Laure n'avait pas le numéro de Bruno et il ne figurait pas dans l'annuaire, ayant renoncé à posséder un téléphone fixe depuis des années. Elle pouvait quand même le trouver par Amélie, son ancienne petite amie. Oui, mais elle n'appellerait pas Amélie si tard, cela ne se faisait pas et elle ne la connaissait pas assez bien. Malgré tout, il fallait qu'il appelle Bruno au plus vite pour qu'il ne fasse pas de gaffe. Félicien pensait à tout ça pendant que Laure lui disait que, elle aussi, elle avait eu une journée de merde, que l'hôtel était pourri, qu'elle ne partirait plus en mission sans s'assurer de la qualité du logement, que la réunion s'était très mal passée, que tout allait de travers et qu'il n'avait pas intérêt à ajouter un mensonge à tout cela. Félicien tenta de la rassurer, lui susurra des mots d'amour, des petits mots ridicules que Laure affectionnait particulièrement : des « tu me manques », des « tu es ma vie », des « je t'aime plus que tout », des « tu es mon ouistiti d'amour », des « je suis là tout contre toi », des… Laure se laissa faire, se radoucit, lui renvoya quelques mots sucrés et il finit par proposer de raccrocher après s'être renvoyé la balle : Raccroche toi, non toi, non c'est à toi, bon alors je compte jusqu'à 10 et pendant ce temps tu continues de me dire des mots d'amour, O.K. alors compte, je compte un, deux, trois, quatre… Il égrena tous les mots d'amour qu'il connaissait. Elle ne raccrocha pas à dix et dit d'un coup : J'espère que tu n'as pas fait de folie pour mon anniversaire ? Tu te souviens, on l'avait dit, on garde des sous pour partir au jour de l'An avec Rémi et Clarisse. Il avait oublié ce détail. Cette promesse. Il avait dit oui. Tu devais t'en occuper, on avait dit Venise ou Rome ou Prague. Il faudrait regarder sur Internet, c'est dans moins d'un mois. On fera ça quand je rentrerai demain. D'accord, mon loup ? Il dit d'accord, il lui dit encore des mots ridicules et enfin, épuisée, heureuse, elle raccrocha.

Un bus passa, il monta dedans. Tout sauf retourner dans le métro.

Le bus était vide. Il s'assit en face d'un homme en complet, du genre de ceux que l'on rencontre autour de la Bourse ou à la Défense. Jeune cadre qui sort du travail à vingt-trois heures, éreinté mais sûr de lui, bien sapé, arrogant. Aujourd'hui il aimerait être comme lui. La vie doit être simple quand on a tout. On ne se fait pas de mouron pour une dépense de 800 euros. Félicien descendit du bus après six stations et finit le chemin à pied.

Rentré chez lui, il se rendit compte qu'il avait en effet laissé le camembert sur la table de la cuisine. Il sourit. Cela faisait au moins un mensonge de moins.

Il avait faim, le fromage tombait à point. Il allait pouvoir s'en gaver sans que Laure lui reproche son haleine de putois. Il s'assit à table. Le sac Franprix était posé sur la chaise en face de lui. À sa vue, il se raidit.

Ce sac, ce maudit sac. Il contenait l'équivalent de la somme nécessaire pour le week-end du jour de l'An. Comment allait-il s'en sortir ? Laure lui en voudra à mort d'avoir dépensé autant pour son cadeau d'anniversaire.

Le camembert ne passait pas, il n'avait pas faim. Il avait besoin d'un remontant. Du whisky ; la bouteille que les parents de Laure avait rapportée d'Écosse. Ils avaient dit : C'est le meilleur des pur malt. Une merveille. Attention, ça ne se boit pas avec du Coca, c'est un vrai whisky pour amateurs, à servir dans les grandes occasions. Résultat : ils n'y avaient pas touché. Elle était là depuis des mois, aucune occasion suffisamment importante ne s'était présentée. Laure allait le lui reprocher mais tant pis, il avait trop besoin d'un coup de fouet. Il se servit une rasade généreuse, avala cul sec et se dit qu'il devait appeler Bruno. Mais que lui dire ?

Salut, Bruno, excuse-moi pour ma défection de ce soir mais j'étais complètement crevé. Et puis après ? J'ai passé une soirée de merde, je me suis fait agresser par des

SDF. Il allait demander pour quelle raison, il allait vouloir appeler la police.

Non, il valait mieux mentir. Il allait lui dire qu'il avait dîné avec sa collègue Sophie en tout bien tout honneur mais qu'il ne pouvait le dire à Laure car elle en serait immédiatement jalouse. Bruno serait ravi d'être dans la confidence et de couvrir son ami. La solidarité masculine.

Il appela Bruno et lui servit son baratin. Bruno, comme prévu, goba l'histoire, sans se gêner pour faire des commentaires graveleux. Il était sûr que Félicien avait trompé Laure, mais la tête sur le billot, il ne dirait rien. Ils se mirent d'accord sur le déroulement de leur soirée supposée commune. Félicien était soulagé. Il se resservit un grand verre de pur malt qui était décidément très bon. Une légère euphorie commençait à le gagner. Il pensa alors au jour de l'An. Il alla chercher son ordinateur portable, il lui fallait préparer le terrain. Combien pouvait coûter cette promesse qu'il s'était empressé d'oublier ?

Il se rendit sur un moteur de recherche de voyages. Ville de départ : Paris. Pays de destination : Italie. Date de départ : 30 décembre. Date de retour : 2 janvier. Budget : indifférent. Rechercher.

Naples 3 jours 2 nuits 455 € + dîner de réveillon obligatoire 46 €. Rome 3 jours 2 nuits 520 € dîner de réveillon compris avec demi-bouteille de champagne. Venise 3 jours 2 nuits 677 € dîner de réveillon compris, avec apéritif maison, demi-bouteille de champagne, menu festif et cotillons.

Il alla sur un autre site, puis un autre. Chacun lui offrait les mêmes tarifs avec toujours ce dîner de réveillon compris. Passer le Nouvel An en Italie, un truc de blaireaux. Il s'imaginait dans une salle de restaurant avec une centaine d'inconnus, les cotillons, le mauvais spumante en apéritif, les cailles farcies et le panettone. C'était minable. Pourquoi avait-il dit oui, pourquoi avait-il promis ? En plus il n'aimait pas beaucoup Clarisse. Le prix du week-end était celui des bottes, exactement ou presque. Comment pouvait-on prendre un avion, loger dans un hôtel 3 étoiles, dîner à deux pour le prix d'une paire de bottes ? Quel est le juste prix ? Il allait faire entendre raison à Laure. Ce genre de séjour n'était pas pour eux. Il imagina la scène : Mon amour, si on restait à Paris pour le Nouvel An plutôt que d'aller faire les cakes en Italie ? C'est nul comme plan, c'est beauf. Regarde toi-même. Il lui montrerait les sites, les tarifs, les prestations, elle ne pourrait qu'être d'accord. Mais quand fallait-il aborder la question ? Avant de lui offrir les bottes ou après ? Avant, elle lui ferait une scène sur son inconséquence, son incapacité à tenir ses promesses, après, elle comprendrait que l'argent de l'Italie était dans les bottes. L'argent de l'Italie dans les bottes, ça le fit rire. Il avait bu la moitié de la bouteille, il se sentait d'humeur joyeuse ; tout ça n'avait aucune importance. Il s'endormit sur le canapé, sûr d'avoir résolu la question.

Quand il ouvrit les yeux, les diodes de son réveil indiquaient 0 h 34. Il avait dormi une heure, il était en nage, sa tête résonnait comme une maraca. Il ne pouvait pas assumer ces bottes. Elles étaient trop chères. Il allait retourner demain au magasin, les rendre, se faire rembourser, acheter un cadeau plus modeste. C'était la solution.

C'est l'intention qui compte, disait sa mère. Un cadeau porte en lui la valeur de ce qu'on a mis dedans. Du cœur. Il avait, toute son enfance, fabriqué des cadeaux pour Noël. Des dessins d'abord, quand il était petit, puis des objets bricolés à l'image de ceux qu'on fabriquait en classe pour la fête des Mères ou la fête des Pères. Ses présents étaient toujours reçus avec un enthousiasme démesuré. Sa grand-mère, ses oncles et tantes s'ébaudissaient de son habileté et de sa veine créative. Longtemps il a cru avoir un vrai talent pour transformer un bocal de Nescafé en magnifique pot à crayons, une vulgaire boîte à cigares en coffret à bijoux, de modestes galets en presse-papiers décoratifs. Il était tombé de haut à la mort de sa grand-mère, il y avait quelques années de cela, quand il avait découvert toutes ses créations entassées dans le tiroir d'une vieille commode remisée au grenier. Il se rendit alors compte de la laideur de ce qu'il avait pu produire.

Sa mère n'avait pas raison, le cœur ne suffit pas à créer la beauté.

Il allait rendre les bottes et se ferait rembourser. Mais le magasin faisait-il ce genre de manip ? Ne lui donnerait-il pas un avoir ? Ce qui ne résoudrait pas la question. Félicien se tournait et retournait dans tous les sens sur le canapé.

Si le magasin ne remboursait pas, il serait pris au piège et n'aurait rien pour payer l'Italie. Il se leva. Sa tête lui faisait de plus en plus mal. Il n'était plus capable de penser clairement. Il avala un cachet et résolut de se coucher, dans son lit cette fois. Mais impossible de fermer les yeux sans que son esprit se mette à ressasser les mêmes choses. Le cadeau, l'argent, sa bêtise, Laure, son courroux, l'Italie, la banque, les huissiers, son inconséquence. Il ralluma, prit un magazine pour se changer les idées. Vous avez un projet ? Nous vous prêtons l'argent ! Cafinago le crédit responsable. Empruntez tout de suite et commencez à rembourser le mois prochain. Comment n'y avait-il pas pensé plus tôt ? Il allait emprunter.

Exemple : pour une utilisation unique du montant total du crédit de 1 000,00 € effectuée le 05/12/2010 avec un premier remboursement le 05/01/2011 sur une durée de 48 mois, vous remboursez hors assurance facultative 47 mensualités de 30,00 € et une dernière de 30,52 € au taux annuel effectif global révisable de 21,15 % (taux débiteur révisable de 19,19 %) pour un montant total dû de 1 440,52 €. Intérêts : 440,52 €. Le coût maximal de l'assurance facultative est de 6 €/mois jusqu'à 64 ans et de 7,50 €/mois au-delà et est inclus dans la mensualité, ce qui entraîne un allongement de la durée du crédit. Contrat de crédit d'un an renouvelable. Conditions financières et contractuelles en vigueur au 1er avril 2011. Un crédit vous engage et doit être remboursé. Vérifiez vos capacités de remboursement avant de vous engager. La pub faisait face à un article sur la crise des classes moyennes.

Cette année, entre les exonérations de charge et la suppression de la taxe professionnelle, toutes deux compensées par de nouvelles taxes, c'est la classe moyenne qui trinque. La hausse des salaires est quasi insignifiante, le SMIC qui ne concerne que 10 % des salariés a augmenté de très peu depuis 2007, les petits salaires, non. En 2011, comme en 2010, le pouvoir d'achat reculera, c'est un fait que nul ne peut contester sérieusement.

On parlait de lui. Il faisait partie de cette classe moyenne. Il n'avait aucune chance de s'en sortir. Il ne pourrait pas compter sur une hausse de salaire. S'il empruntait, il paierait un quart des bottes en plus et, comme son salaire se sera érodé dans le même temps, cela voudra dire qu'il paiera un peu plus encore. Il entrera dans une spirale infernale. Quatre-vingt-dix mille Français sont surendettés. Il avait lu ce titre à la une d'un magazine économique cet après-midi même. Il s'étalait en grand sur la devanture d'un kiosque. Il n'avait pas encore acheté les bottes. Il n'était pas encore concerné, et il ne le serait pas. Il ne ferait pas partie de cette cohorte. Il allait rendre les bottes demain à la première heure, un point c'est tout. Le doute revint : si le magasin ne remboursait pas, il serait piégé. Il sortit précipitamment du lit, s'assit à son bureau, ouvrit son ordinateur et tapa Galeries Lafayette sur la page d'accueil de Google. Sur le site, rien sur les conditions de vente et rien sur la possibilité de retour. Il se souvint que Laure entrait souvent la question telle qu'elle lui venait, dans la fenêtre du moteur de recherche. Ça le faisait rire. « J'ai oublié de fermer le robinet du gaz, que peut-il arriver ? J'ai renversé du Nutella sur ma robe en soie, comment faire disparaître la tache ? Ma voiture fait un drôle de bruit genre clac clac à gauche quand je démarre, est-ce que je peux rouler sans danger ? Ma machine à laver fuit quand je mets du linge à 60°, est-ce grave ? » Ce qui le sidérait, c'est qu'elle trouvait toujours réponse à ses questions. Soit tout de suite, soit quelques heures plus tard. Ailleurs, loin, il y avait quelqu'un qui prenait la peine de lui donner les explications qu'elle attendait. Pour lui, c'était un truc de fille. Elle répliquait que c'était simplement pragmatique. Tu as un problème, tu trouves quelqu'un pour le résoudre au lieu de te torturer les méninges.

Il tapa : « Je voudrais rendre des bottes achetées aux Galeries Lafayette et savoir si je peux être remboursé ? »

En tête de la recherche s'afficha :

Rendre un truc acheté aux Galeries Lafayette. nanassolidaires.com.

Il cliqua sur le lien.

Java75

Je voudrais rendre un truc acheté aux Galeries Lafayette.

Précision : j'ai acheté cette veste avec la carte d'une amie et je voulais savoir s'il me faut la carte de ma copine pour rendre mon truc et me faire rembourser ?

Contenu des réponses :

Pinkbaby

Attention.

Si tu as payé par Carte bleue, il te faut la carte lors du retour, parce qu'ils te recréditent la somme sur ton compte à l'aide de ta carte.

Moi, ça m'est arrivé, mon homme m'avait offert un pantalon (il était trop grand). J'y suis retournée, mais je n'ai rien trouvé qui me plaisait (pour un échange). J'ai demandé à être remboursée, et la vendeuse m'a demandé la Carte bleue de l'achat. Heureusement, je l'avais avec moi !

Ils m'ont donc recréditée de la somme totale, quelques jours après.

Mais dans le pire des cas, tu peux dire que c'était un cadeau qu'on t'a fait...

Graffiti

Généralement le ticket suffit, et en plus aux Galeries ils ne sont pas réputés pour être très regardants !

Vas-y tranquille, je ne pense pas que tu aies de pb.

Gilda44

La seule raison pour laquelle tu peux rendre un vêtement en exigeant que le commerçant te rembourse, c'est lorsqu'il est affecté d'un vice (défaut rendant l'objet impropre à un usage normal) caché (que tu ne pouvais détecter lors de l'achat).

Si le vêtement est parfait, le commerçant n'a aucune obligation de le reprendre, que l'article ait été soldé ou non ! C'est un geste commercial de sa part, et rien ne l'oblige à le faire.

Félicien n'en revenait pas. Ça marchait. Les réponses étaient plutôt encourageantes. Rien ne disait si Java75 avait pu être remboursée de son achat. Il décida de lui écrire. Que risquait-il ? Il constata en se promenant sur le forum que Java75 était très active. Elle ne cessait de poser des questions ou de réagir aux interrogations des autres. Avec un peu de chance, Java75 lui donnerait la réponse demain matin et il aurait le temps de se décider. Il lui fallait se créer un pseudo. Il choisit Laurebel, un nom féminin. Il ne se voyait pas écrire sur nanas-solidaires.com sous un pseudo masculin. Il rédigea son message :

J'ai moi-même acheté une paire de bottes aux Galeries Lafayette et souhaiterais me la faire rembourser. Pouvez-vous me dire si vous avez pu vous faire rembourser votre veste ? Ce renseignement me serait très utile. C'est très urgent. Merci.

Ce geste lui procura quelques instants de répit. Il aurait la réponse demain, c'est sûr, et elle serait positive, il en était persuadé.

Quelques minutes plus tard, alors que Félicien se préparait un café, le signal indiquant l'arrivée d'un message retentit. Il se précipita sur son ordinateur.

Bonjour laurebel. Soyez rassurée, j'ai été remboursée de la veste sans pb. Ils sont cool surtout si vous avez payé avec une carte bancaire.

Félicien répondit :

Merci. Cela me soulage. Oui, j'ai payé avec une carte bancaire. Mais savez-vous combien de temps cela prend pour qu'elle soit effectivement recréditée ? Est-ce immédiat ?

Java75

C'est immédiat, je crois. De toute façon, même si ça prend quelques jours, l'important est d'être remboursé, non ?

Laurebel

Vous avez raison. Merci de tout cœur. Une question subsidiaire : que pensez-vous des chaussures de la marque Kucci ?

Java75

J'adoooooore ! C'est des super pompes. Si vos bottes sont des Kucci et que vous n'en voulez pas, offrez-les moi ! Lol.

Laurebel

Ce sont des Kucci mais je vais les rendre. Dsl.

Java75

Pourquoi vous les rendez ? Ce sont des pompes tellement géniales. J'en suis folle !

Laurebel

Je ne les aime pas. Je me suis trompée.

Java75

Réfléchissez quand même. Une paire de bottes Kucci, c'est trop beau. À votre place je les garderais.

Félicien ne savait quoi répondre. Java75 était tellement enthousiaste, sa résolution vacillait.

Laurebel

Excusez-moi de la question, mais vous avez quel âge ?

Java75

Trente-deux ans. Je ne vois pas le rapport.

Laurebel

En fait il faut que je sois franc avec vous. Je ne suis pas une femme. Ne le prenez pas mal, j'ai pris un pseudo féminin par commodité et parce que le site s'adresse d'abord aux femmes. Je vous explique : j'ai acheté une paire de bottes Kucci pour l'anniversaire de ma copine et j'ai peur a posteriori que ça ne lui plaise pas. Que ce soit too much, trop cher, trop bourge. D'autant que j'avais oublié que c'était une des marques appartenant à Pignard dont les méthodes de management sont pour le moins contestables. En plus, j'ai le sentiment de m'être fait avoir par le marketing. Quand on achète ce genre d'objet, on paie autant pour la marque que pour l'objet en lui-même, non ? Alors je me demandais si je n'allais pas me faire rembourser pour lui offrir un cadeau moins voyant.

Et voilà que maintenant il racontait sa vie à cette Java75.

Java75
Je ne connais pas une nana qui ne serait pas ravie de porter des bottes Kucci. Vous vous inquiétez pour rien. Offrez-les-lui et vous verrez, pas de pb, elles lui plairont. Ne les rendez pas.

Laurebel
Je ne sais pas. Mais en plus, il faut bien le dire, cet achat est plutôt démesuré par rapport à mon train de vie. Je ne sais pas ce qui m'a pris. Maintenant, la tête froide, je me rends compte que je risque d'être dans la merde financièrement à cause de cet achat.

Java75
Vous devez beaucoup l'aimer votre copine pour vous être laissé embarquer dans une telle dépense. Il faut vivre au présent. Ma

grand-mère disait : « Un coffre-fort ne suit pas un corbillard. »

Laurebel

Elle est bonne, celle-là ! Je ne connaissais pas cet adage. En attendant, et c'est bien du présent, je me demande où trouver les 869 € que m'ont coûté ces bottes. Si vous avez une idée, je suis preneur…

Java75

Empruntez, c'est ce que tout le monde fait, non ?

Laurebel

C'est justement ce qui m'angoisse. En fait, depuis que j'ai acheté ces bottes, je suis angoissé. C'est une folie. En plus, j'ai promis à ma copine de partir pour le Nouvel An en Italie. Je n'ai pas pour habitude de dépenser sans compter, d'autant que je n'en ai pas les moyens. Ça m'angoisse.

Java75

C'est pour ça que vous êtes encore debout à cette heure ?

Laurebel

Oui. Il faut que je trouve une solution avant demain. Et vous, que faites vous devant votre ordi à près de deux heures du matin ?

Java75

Je bosse. Je fais des traductions de notices. Je suis charrette comme on dit.

Laurebel

Vous habitez où ?

Java75

À Nation.

Laurebel

On est voisin alors, j'habite rue du Rendez-vous. C'est amusant.

Java75

Oui, c'est sympa. Vous voulez venir boire un verre pour vous déstresser ?

Laurebel

Je ne voudrais pas vous déranger, il est tard et vous avez du travail.

Java75
Ça ne me dérange pas et j'en ai ras-le-bol des boulons, des vis et des clefs à mollette (je traduis la notice d'assemblage d'un vélo en kit). J'ai besoin de faire un break.

Laurebel
D'accord alors, juste un verre.

Java75
Donnez-moi votre mail et je vous envoie mon adresse.

Laurebel
O.K. fgrimbert@free.fr. À tout à l'heure.

Au moment où Félicien tapait ces quelques mots, il se demanda ce qu'il était en train de faire, mais il le fit.

Quelques secondes plus tard, Java75, qui s'appelait en fait Claire, avait laissé son adresse. Une rue que Félicien ne connaissait pas et qui se trouvait à cinq minutes à pied de chez lui.

Il se regarda dans la glace. Sa barbe avait un peu poussé, lui donnant encore plus l'allure du fameux métrosexuel. Sans réfléchir plus avant, il prit ses clefs, ferma la porte et dévala l'escalier.

Claire habitait dans un de ces immeubles modernes où chaque appartement possède une vaste baie vitrée donnant sur un balcon étroit que certains agents immobiliers appellent pompeusement terrasse alors qu'il est impossible d'y caser une table et deux chaises. Entrée en marbre gris, rangée de boîtes aux lettres en alu. Le summum du confort bourgeois tel qu'on le concevait dans les années soixante-dix. Avec un Digicode sur la rue, un Interphone dans le hall.

Félicien sonna. La voix grave qui sortit du haut-parleur le surprit.

En attendant l'ascenseur, il s'interrogea. Et si Claire était un homme qui aime les hommes ? Si c'était un traquenard ? Si Claire était en fait une nymphomane ? Que faisait-il là au lieu d'être tranquillement chez lui sous sa couette ?

Quand la porte s'ouvrit, il fut presque déçu : Claire était effectivement une jeune femme de trente ans. Blonde, les cheveux courts, les yeux bleus, des taches de rousseur, un air scandinave. La pièce où elle l'invita à entrer était, elle aussi, tout à fait scandinave : parquets cirés, murs et canapés blancs, étagères en bois brut. Dépouillée, sobre, presque froide.

Claire était en partie d'origine danoise. Il l'apprit plus tard. Elle lui proposa une tisane ou une vodka ; il choisit la seconde option. Elle aussi.

Ils burent. Ils parlèrent. Il lui demanda si elle n'avait pas peur d'inviter un garçon chez elle si tard et sans le connaître. Elle s'amusa de son inquiétude et lui répondit qu'un garçon qui achète des bottes Kucci à sa copine ne pouvait pas être un mauvais bougre. Il rétorqua que justement il aurait pu trouver ce stratagème pour endormir sa vigilance, se servir de ces bottes comme d'un appât. Il aurait pu être un de ces pervers qui, au fait de la psychologie féminine, sont capables de se faire passer pour les plus gentils des hommes.

Ils parlèrent. Du quartier, de leurs professions, et des bottes. Félicien lui demanda comment une fille qui semblait aussi simple, nature, pouvait aimer les marques comme Kucci. Elle rit. Elle ne s'habillait pas toujours en jean et en pull irlandais. Elle aimait les fringues. Pour le lui prouver, elle l'emmena dans sa chambre. Elle était tout aussi sobre, blanche, minimaliste que la pièce principale. Un immense lit couvert d'une couette onctueuse comme de la crème Chantilly trônait, occupant les deux tiers de la pièce. Elle se dirigea vers un immense placard à portes coulissantes encastré dans le mur et l'ouvrit d'un geste souple. Il était rempli de vêtements rangés par couleurs et de chaussures alignées comme des soldats. Elle sortit une paire d'escarpins rouges. Tu vois, ce sont des Kucci. Et attrapant une paire de bottes en daim : Celles-là aussi, un modèle de l'année dernière. Félicien prit une des bottes. Elle ressemblait à celles qu'il avait achetées. Mais tu fais comment pour te payer des chaussures aussi chères ? J'achète en soldes ou sur eBay. Ou alors je vais dans des ventes privées où chaque fille apporte les vêtements qu'elle ne porte plus et les vend aux autres. Et cette paire de bottes, tu l'as payée combien ? Je ne sais plus, 150 ou 200 euros, pas plus.

Félicien déglutit. Ainsi il aurait pu acheter les mêmes bottes au quart du prix s'il avait été plus malin. Il devait faire une drôle de tête, car Claire éclata de rire. On dirait qu'une enclume t'est tombée sur la tête ! Pauvre petit garçon tout perdu. D'un geste spontané, elle prit sa tête dans ses bras et la colla contre sa poitrine. Félicien se laissa faire et se mit à pleurer. Il était à bout, la poitrine de Claire était accueillante, il se sentit tout petit, tout con. Claire ne bougca pas, le laissa s'épancher, tranquillement. Ils restèrent ainsi pendant un long moment sans bouger. Et quand enfin Claire desserra son étreinte, elle constata avec surprise que le garçon s'était endormi. Tout naturellement, elle remonta ses pieds sur le lit et quitta la pièce.

Il était près de quatre heures du matin. Elle se remit au travail.

Il faisait déjà jour quand la sonnette de l'Interphone retentit. Claire s'était endormie sur le canapé. Elle fut tentée de ne pas répondre, rien d'important ne pouvait surgir à cette heure. Mais la sonnette retentit de nouveau avec insistance. Elle se leva et appuya sur le bouton : Oui? Une voix furieuse lui répondit : Je veux voir Félicien, je sais qu'il est là.

Félicien. Claire l'avait oublié. Elle répondit : Non, il n'y a pas de Félicien ici. La voix insista. Je sais qu'il est là. Claire ne se laissa pas impressionner, répondit une fois encore d'un ton agacé et n'ouvrit pas. Félicien apparut dans le cadre de la porte. Les yeux encore à moitié fermés : Je crois que je me suis endormi, je suis désolé. Je vais partir. Si j'étais toi, je ne partirais pas tout de suite, il y a là en bas une nana qui t'attend et qui n'a pas l'air contente du tout. Qu'est-ce que tu racontes? Une fille, ta nana je suppose, celles des bottes, elle est en bas. Ce n'est pas possible, elle ne doit rentrer que ce soir. Elle est à un congrès à Lille. Il y a erreur. Il faut que je m'en aille, je suis super en retard pour mon boulot.

La sonnette retentit de nouveau. Claire fit un signe à Félicien : Tu vois? Elle appuya sur le bouton et colla le combiné à l'oreille de Félicien. Ce qu'il entendit lui fit l'effet d'un électrochoc, sa tête partit en arrière et alla se cogner contre le mur : Laisse-moi monter, mon mec est chez toi, je le sais. Laisse-moi monter ou je fais un scandale.

Félicien raccrocha l'appareil. Et resta planté là, la tête contre la paroi.

C'est ta copine ? C'est Laure ? C'est ça ? Comment a-t-elle pu savoir que tu étais là ?

Je ne sais pas, elle a dû passer chez moi, j'ai laissé l'ordi allumé, elle a lu ton mail. De toute façon, on n'a rien à se reprocher. On n'a rien fait. Tu penses qu'elle va te croire ? Je vais descendre. Je suis désolé de t'avoir imposé cette scène idiote. Je vais lui parler, elle va comprendre. Je veux bien, tu es grand. Moi, je te dis que tu vas te foutre dans la merde. Comment veux-tu qu'elle te croie ? Tu la croirais, toi, si tu étais à sa place ?

Non, je ne la croirais pas, tu as raison. Qu'est-ce que je peux faire ? Il n'y a pas de solution, à moins que ton immeuble ne possède une autre sortie, comme on voit dans les films ? Non, mais tu peux passer par le balcon si tu veux, comme dans les films. Je ne plaisante pas, je l'ai déjà fait, un jour où j'avais oublié mes clefs.

Félicien haussa les épaules.

Ce n'est pas compliqué : tu passes par-dessus la rambarde, tu contournes la cloison, et tu sautes sur le toit de l'immeuble d'à côté. Là, il y a une trappe qui te permet d'accéder à l'escalier et tu sors par l'immeuble voisin. Comme dans les films. Elle rit. Comme Belmondo.

Félicien ne se sentait pas du tout dans la peau de Belmondo. Il n'avait jamais été très agile, ni très téméraire. Déjà enfant, il n'aimait pas grimper dans les arbres et, au lycée, il n'avait jamais réussi à monter en haut de la corde lisse. De la corde à nœuds non plus, d'ailleurs.

Tu es sûre qu'il n'y a pas une autre solution ?

Si. Tu descends et tu l'affrontes. Tu peux aussi rester là jusqu'à ce qu'elle se lasse, mais j'ai cru comprendre que tu devais aller bosser.

Tu ne la connais pas, c'est pas le genre de nana à lâcher l'affaire. Elle va trouver un moyen de monter.

Je m'en fiche. Elle pourra toujours entrer et elle ne te trouvera pas. Elle ne va quand même pas m'assassiner.

On ne sait jamais, elle est super jalouse.

T'inquiète pas. Je lui dirai qu'elle s'est trompée, voilà tout.

C'est quand même dangereux, ton truc.

Non, tu verras, c'est à la portée d'un môme. Le tout est de ne pas te faire voir en sortant de l'autre porche. Mais vu ce qui tombe dehors, je suis sûre que ta copine t'attend dans le hall.

Félicien sentit ses jambes flageoler. Mais il n'avait pas le choix. Il ne se voyait pas affronter Laure et d'ailleurs quoi lui dire ? Claire avait raison, elle ne le croirait pas. Quant à inventer un mensonge, il ne voyait pas quelle fable crédible elle pourrait avaler. Il pensa à Léa et à sa théorie sur la lâcheté. Elle n'avait pas tort, sauf sur un point : la lâcheté pouvait donner du courage. Le courage de fuir même en prenant des risques.

Il fit un signe de tête résigné : O.K., je vais faire ce que tu me dis.

Elle ouvrit la baie vitrée, alla sur le balcon, se pencha pour inspecter la rue et revint vers lui. C'est bien ce que je pensais, elle n'est pas là. Vas-y. Elle posa une bise sur son front. Tu es trop cute, toi. Tu vas te faire bouffer tout cru.

Félicien prit une grande inspiration, enjamba le balcon, passa de l'autre côté de la cloison, sauta sur le toit. La pluie tombait dru, il courut jusqu'à la trappe, se laissa tomber dans la cage d'escalier. Comme Belmondo. Quand il ouvrit la porte de l'immeuble, la rue était vide, il prit ses jambes à son cou et tourna dans la première rue à gauche. Il ne ralentit le pas qu'une fois sûr d'être suffisamment loin. Qu'allait-il faire maintenant ?

Il se regarda dans une vitrine : il avait vraiment l'air du gars qui a dormi dans ses vêtements. Il tenta de remettre de l'ordre dans ses cheveux, tira sur les manches de sa veste, lissa son pantalon, et décida d'aller travailler comme si de rien n'était.

Il était près de dix heures quand il pénétra dans l'atelier. Sophie lui fit signe.

Laure a appelé il y a une demi-heure, elle avait l'air en pétard. Elle m'a dit qu'elle avait laissé des messages sur ton portable et que tu étais introuvable.

Félicien mit la main dans sa poche. Rien. Il tâta ses autres poches. Rien non plus. Il avait perdu son portable chez Claire ; il était sûrement tombé quand il s'était endormi sur le lit. Son cauchemar continuait. Il n'avait même pas le numéro de Claire et son adresse mail était restée sur son ordinateur chez lui.

J'ai oublié mon portable, c'est pour ça. Je peux t'emprunter le tien pour la rappeler ? Elle doit se demander ce que je fous.

Il s'éloigna pour téléphoner tranquille. Il allait faire le blaireau. Il adorait cette expression que lui avait apprise un de ses cousins un jour qu'il avait cassé un vase chez sa grand-mère. Il lui avait dit : Tu fais le blaireau, c'est-à-dire le con, le crétin, le ravi de la crèche. Si on te demande si c'est toi qui as fait ça, tu réponds non, et tu ajoutes : Je ne comprends pas ce que tu me dis. Et si Mamie insiste, tu continues à dire : « Je ne comprends pas ce que tu me dis. » Tu verras, c'est imparable. Elle va finir par laisser tomber. Il avait depuis appliqué la méthode de nombreuses fois avec succès. Dès qu'il se trouvait dans une situation embarrassante, il faisait le blaireau et n'avait jamais eu à s'en plaindre. Il appela Laure : Mon amour, tu as essayé de me joindre ? Je suis désolé, j'ai perdu mon téléphone. Je pense que je l'ai oublié à la maison. Elle ne le laissa pas continuer : Tu me prends pour une conne, t'étais où cette nuit ? Moi, je le sais : avec cette pétasse de Claire. Je suis rentrée par le premier train. Je suis allée chez toi, je pensais te faire une surprise, j'avais acheté des croissants, je voulais qu'on prenne le petit déjeuner ensemble et tu n'étais pas là. J'ai vu que ton ordi était allumé et j'ai vu l'adresse de cette fille.

C'est là que Félicien enclencha le mode blaireau : Je ne comprends pas ce que tu me dis. Il était huit heures et tu n'étais pas chez toi. Tu étais chez cette fille, la blonde, je le sais, je suis allée chez elle. Je ne comprends pas ce que tu me dis. Je sais, elle aussi, elle disait ça mais je ne te crois pas et je ne la crois pas. Salaud, je te déteste. Laure, ma Laure, je ne comprends rien. Tu es allée chez qui ? La fille Claire, celle avec qui tu as couché cette nuit. Claire ? Quelle Claire, je ne comprends pas ce que tu me dis. Ne me prends pas pour une idiote ! Elle t'a envoyé son adresse par mail. C'est qui ? Une pute ? Une call-girl ? Tu es minable. Laure, ma douce, calme-toi. Je ne me calmerai pas. Laure, ma Laure, cette Claire, c'est juste une nana avec qui je bosse. Elle est free-lance. Elle m'a donné son adresse parce que je dois lui envoyer de la doc. C'est tout. Laure eut un rire rauque. C'est ça. Et pourquoi tu n'étais pas chez toi à huit heures trente ? Tout ça pour arriver au bureau à dix heures, comment t'expliques ça ? Hein ? Je suis parti tôt parce que j'avais du travail à rattraper mais je n'ai pas eu de chance, un accident de personne sur la ligne 9, on nous a fait poireauter une heure dans le tunnel. C'est tout. Il y eut un blanc à l'autre bout de la ligne. Félicien sentit qu'il tenait le bon bout. Je suis désolé, ma

Laure, tu aurais dû me dire que tu rentrais, j'aurais été là, on se serait fait des câlins et je serais arrivé en retard au boulot. C'est ballot. T'es où ? Où tu crois que je puisse être ? Je suis chez moi. Repose-toi, tu es fatiguée. C'est ça, débarrasse-toi de moi ! Tu ne me demandes même pas pourquoi je suis déjà là ? J'allais te le demander… J'ai décidé de me faire porter pâle, j'ai zappé la fin du congrès. Je voulais te voir. C'est réussi ! J'ai trente ans aujourd'hui et voilà mon cadeau : mon mec me trompe avec une blonde.

Le cadeau. Elle parlait de cadeau. Félicien avait complètement oublié le cadeau. Il devait le rendre ce jour-là. C'est ce qu'il avait décidé la veille au soir. Et Laure qui était allée chez lui. Elle avait dû voir le sac. Elle l'avait vu, c'est sûr. Elle savait. En même temps Félicien se souvint d'avoir laissé le sac Kucci dans le sac Franprix. Laure se serait-elle intéressée à un sac Franprix ? En a-t-elle eu le temps ? Elle était tellement en pétard qu'elle n'a pas dû le voir. Félicien n'écoutait plus la litanie de Laure. Son cerveau bouillait. Que dire ?

Que faire ? Rendre le cadeau, mais quand ? Maintenant que Laure était là. Ne pas le rendre, alors lui en parler là tout de suite pour calmer sa rage. Ne pas lui en parler, garder la surprise ?

Réponds-moi ! Tu ne m'écoutes plus ou quoi ?

Félicien toussa.

Si, si. La liaison est mauvaise, je n'ai pas entendu la question.

Ce n'est pas une question, c'est une affirmation : tu me trompes le jour de mon anniversaire. Tu es un salaud, un queutard comme les autres, un gros porc ! Elle avait hurlé cette dernière assertion, elle s'étranglait. Félicien reprit le mode blaireau.

Je ne comprends pas, tu te fais des idées, je ne comprends pas ce que tu me dis.

Elle lui raccrocha au nez. Félicien en conçut un certain soulagement.

Il retourna à l'atelier, rendit son portable à Sophie. Ça ne va pas ? Tu as l'air tout chose ? T'as dormi dans le panier du chien ?

Ça va. Je me suis endormi sur mon canapé et je me suis levé tard. J'ai pas eu le temps de me changer. Je crois que j'ai un peu trop bu hier, rien de grave. Je vais bosser.

Il s'assit à son poste, alluma l'ordinateur, ouvrit le fichier sur lequel il devait travailler et se mit à tracer machinalement des traits. Son esprit était ailleurs. Il essaya de récapituler sa situation sur un bout de papier.

État de Félicien le vendredi 4 décembre :

– je ne me suis pas lavé depuis 24 heures ;

– je n'ai rien mangé depuis le McDo d'hier, exception faite du camembert hier soir ;

– j'ai dépensé plus de 850 euros pour un cadeau ;

– j'ai dépensé plus de 60 euros pour des SDF qui ont failli me casser la gueule ;

– je devais rendre le cadeau ;

– je n'ai pas rendu le cadeau ;

– j'ai perdu mon portable chez Claire ;

– je n'ai pas le numéro de Claire ;

– Laure est rentrée plus tôt ;

– Laure croit que j'ai couché avec Claire ;

– Laure est fâchée contre moi ;

– ce soir, c'est l'anniversaire de Laure ;

– je ne sais pas si elle va venir ce soir ;

– je ne peux pas appeler Laure car je n'ai plus de portable ;

– je ne sais pas quoi faire ;

– je dois finir les plans de la boutique L'Île aux kdos avant ce soir ;

– si je ne finis pas je ne pourrai pas être chez moi assez tôt pour l'anniversaire ;

– je dois m'y mettre et réfléchir plus tard.

Félicien plia le papier en quatre, le glissa dans sa poche, s'empara de la souris et se mit au travail sérieusement. Il avait un plan.

Quand Sophie vint le chercher pour lui proposer de l'accompagner à la cafétéria pour le déjeuner, Félicien déclina l'invitation. J'ai trop de travail et ce soir je dois partir tôt, c'est l'anniversaire de Laure. Ah oui, c'est ce soir que tu lui offres les fameuses bottes ? Je suis allée voir sur Internet, elles sont hors de prix. Moi qui disais 350 euros, j'étais bien loin de la réalité. La paire la moins chère est déjà à plus de 600 euros. Dis donc, tu as gagné au Loto. Félicien lui fit signe de baisser d'un ton. Ses voisins semblaient bien trop intéressés par son discours. Je te raconterai. Mais pas aujourd'hui, il faut que j'avance. Allez, va déjeuner, je vois Alexis qui t'attend.

Sophie fit une grimace et tourna les talons, visiblement vexée ; ce qui affecta Félicien, avant qu'il se rudoie : « Tu n'en as rien à foutre de cette nana. Avance, concentre-toi, tu dois avoir fini à seize heures. »

Il ne leva plus le nez de son ordi jusqu'à seize heures. Même pas une pause clopes, pas de virée aux toilettes, rien. Il avait presque fini, il avait réussi son pari.

Il avait un plan. Partir tôt, aller chez Claire récupérer son portable, passer chez Daily-monop' acheter des bonnes choses et du champagne, rentrer chez lui pour ranger avant l'arrivée de Laure et lui laisser des SMS d'amour gentils toutes les demi-heures. Elle allait se laisser faire, elle viendrait, il lui offrirait les bottes, elle serait ravie, elle en oublierait Claire, ils feraient l'amour. Félicien nageait dans une douce euphorie exacerbée par le manque de sommeil et sa diète forcée. Félicien avait oublié le prix des bottes, il ne comprenait même pas comment cette somme avait pu l'obséder à ce point toute la journée précédente. C'est la grand-mère de Claire qui avait raison : « Un coffre-fort ne suit pas un corbillard. » Il y avait aussi la théorie de son amie Macha : « Quand tu dépenses avec ta Carte bleue, tu ne sais pas si, quand elle sera débitée, un mois plus tard, tu seras riche ou mort. » Félicien avait mis le problème de l'argent de côté, mais le problème de l'argent était en train de reprendre du terrain. Insidieusement.

Un autre plan commençait à se dessiner contre sa volonté. Tu quittes l'agence, tu rentres chez toi, tu prends les bottes, tu vas te les faire rembourser, tu achètes un de ces bijoux qui claquent à 150 euros, un bouquet de fleurs et du champagne et tu l'invites au resto.

Félicien ferma sa session, se leva, alla frapper à la porte du boss. J'ai fini L'Île aux kdos, je ne me sens pas très bien, je rentre chez moi. Je viendrai demain matin plus tôt pour les retouches. Allez-y, mon garçon, vous n'avez pas l'air très en forme, en effet. À seize heures quinze, Félicien était dans la rue et se dirigeait vers le métro.

Arrivé chez Claire, il sonna. La voix grave se fit entendre comme la veille au soir. Oui. C'est Félicien, j'ai perdu mon portable chez toi, je peux monter.

Ah ça oui, tu peux monter. Tu n'as pas eu mon mail ?

Non.

La porte qui menait à l'ascenseur tinta. Claire l'attendait sur le palier, bras croisés. Elle avait l'air en colère.

Qu'est-ce qui se passe ? Tu m'en veux pour ce matin, je comprends… Elle l'interrompit et le poussa dans l'appartement. Tout avait changé, le salon n'était plus blanc mais couvert de graffitis incompréhensibles bombés à la peinture rose.

Voilà, tu comprends maintenant ?

Non, je ne comprends pas. Qu'est-ce qui s'est passé, tu as voulu changer la déco ?

Marre-toi ! C'est l'œuvre de ta chérie. Laure ? Oui, Laure. Elle est revenue dans la matinée. Elle m'a dit qu'elle voulait s'excuser pour le scandale de ce matin. Je lui ai ouvert. Elle est entrée. Elle avait l'air sincèrement désolée. Elle m'a dit qu'elle t'avait parlé et qu'elle avait compris, qu'elle était bête, qu'elle s'en voulait de sa jalousie et blablabla. Je lui ai proposé un café qu'elle a accepté. Je suis allée dans la cuisine pour le préparer et quand je suis revenue, voilà ce qu'elle avait fait et elle avait disparu. Ça lui a pris deux minutes, pas plus. Pas mal, non ? Je voulais appeler la police, mais comme je t'aime bien, j'ai attendu que tu répondes à mon mail.

Félicien ne savait quoi dire. Laure avait fait ça ? Laure était capable de ça ?

Je ne sais pas quoi dire, je suis désolé. Je ne comprends pas. Ce n'est pas son genre. Apparemment si, c'est son genre. Tout est foutu : les murs, mon canapé et même la toile de Gustav Trombist. Elle désigna un tableau abstrait représentant des dégradés de blanc et de gris sur lesquels la peinture rose avait laissé une grosse trace en forme de huit.

Tu sais combien ça coûte un tableau comme ça ? Elle a taggé mon Gustav Trombist ! Elle est folle, cette nana, folle à lier. Et je ne parle pas des peintures qu'il va falloir refaire. Elle s'assit dans le canapé maculé de rose, prit sa tête entre ses mains et se mit à pleurer. Félicien restait debout, les bras ballants, stupide, inefficace, absent. Elle se leva, le secoua.

Tu vas quand même faire quelque chose ? C'est ta nana après tout.

Il bredouilla : Oui, oui, je vais faire quelque chose. Je suis désolé. Je vais t'aider… Je vais t'aider à tout remettre comme avant, je te promets. Je suis désolé.

Arrête d'être désolé. Alors oui, tu vas m'aider à remettre tout comme avant. Et tu vas en supporter les frais. Sinon, moi je porte plainte pour agression et je demande des dommages et intérêts. Elle va douiller, c'est moi qui te le dis.

Non, non, ne porte pas plainte, je vais m'en occuper. Et le tableau aussi et le canapé et tout. Il faut que j'y aille maintenant. Il faut que je la voie. Il faut que je tire ça au clair. C'est ça, va la voir et essaie de lui faire entendre raison. C'est elle qui devrait prendre tout en charge. T'inquiète pas. Je vais arranger ça. Tu as mon téléphone ?

Claire se dirigea vers la chambre, revint avec l'appareil : Tu as de la chance, il était resté sur le lit, il a échappé à la vague rose, pas comme le mien. Elle lui présenta son smartphone barré d'une grosse trace fuchsia.

Dans la rue, il consulta son portable. Un nombre incroyable de messages s'affichait, des SMS, des messages vocaux. Tous venaient de Laure.

Premier SMS, vendredi 8 h 45

Je suis en bas. Je sais que tu es là-haut avec cette Claire qui ne veut pas m'ouvrir.

Vendredi 8 h 55

J'attends dans le hall, tu vas bien finir par sortir.

Vendredi 9 h 05

Si tu ne descends pas, je fais un scandale dans la rue.

Vendredi 9 h 12

Je te préviens, je ne partirai pas d'ici tant que je ne t'aurai pas vu.

Vendredi 9 h 20

O.K., tu es très fort. J'ai vu cette Claire et tu n'étais pas chez elle. Je pense que je t'ai loupé de peu. J'attends que tu m'expliques.

Chaque SMS était doublé d'un message vocal beaucoup plus agressif. Laure utilisait toutes les injures et les noms d'oiseaux qu'elle connaissait. En la matière, elle était un peu old school et les mots qui revenaient le plus souvent étaient salaud, queutard, saleté, minable, petit con.

Félicien se demandait ce qu'il convenait de faire. Il ne pouvait pas parler de sa visite chez Claire. Il ne pouvait pas parler à Laure ce qu'elle avait fait. Il n'était pas censé être retourné chez Claire. Mieux, il était censé n'y être jamais allé.

Il fallait qu'il s'en tienne à son mensonge, au scénario qu'il avait monté depuis le matin. Son emploi du temps devait être transparent. Au moment où il se faisait cette réflexion, il sentait monter en lui un doute énorme. Laure avait été capable de commettre cet acte de vandalisme. Où était sa Laure ? Qui était-elle ? Il hésitait sur la conduite à tenir. Dans un premier temps, il décida de rentrer chez lui. Là, il appellerait Laure comme s'il venait d'arriver et de trouver son portable.

La première chose qu'il vit en poussant la porte d'entrée le glaça. Il ne pouvait les manquer. Elles trônaient sur la table de la cuisine, entièrement peinte, en rose fuchsia. Les bottes. Laure avait taggé les bottes et les avait laissées bien en évidence. À cette vue, Félicien perdit l'équilibre, se prit les pieds dans une chaise, fit un vol plané et tomba la tête contre le frigo. Il ne bougea pas, il ne pouvait pas bouger. Ces bottes arrogantes l'hypnotisaient. Comment Laure avait-elle pu ? Pourquoi ? Elle ne respectait donc rien. Ce cadeau qu'il lui avait amoureusement acheté le narguait, grotesque. Laure qui aimait tant les belles choses avait osé détruire ces chaussures qui lui faisaient certainement envie. Laure était perverse. Elle aurait pu tagger son appartement, ses effets, comme elle l'avait fait chez Claire. Mais non, elle avait délibérément choisi de taper là où ça ferait le plus mal. Ce cadeau qui lui avait causé tant d'angoisse, de joie, de tergiversations, elle l'avait, non pas détruit, mais ridiculisé. Il n'y aurait pas d'anniversaire, elle ne reviendrait plus. Il ne voulait pas qu'elle revienne.

Félicien se traîna jusqu'à son lit, se coucha en boule sous la couette et pleura. Il ne savait plus sur quoi. Laure, les bottes. La perte de l'une et des autres. Il pleura sur son sort et sombra dans un profond sommeil.

Le lendemain, Félicien alluma son ordinateur et commença à taper dans la fenêtre de Google :

Comment nettoyer des graffitis peints à la bombe sur un mur blanc mat ? (5 910 résultats.)

Comment détacher un canapé en cuir qui a été taggé avec de la peinture en bombe ? (4 150 résultats.)

Comment ôter de la peinture en bombe sur une toile de grande valeur ? (162 000 résultats.)

Comment gagner de l'argent rapidement en plus de son travail ? (3 370 000 résultats.)

Comment soigner le mal d'amour ? (4 310 000 résultats.)

Puis il se rendit sur le site eBay, remplit sa fiche de vendeur et écrivit :

À vendre bottes Kucci taille 38 customisées à la peinture rose fuchsia. Neuves avec facture. Paire originale.

Mise à prix 1 €.

DU MÊME AUTEUR

Petit dictionnaire énervé de Facebook,
L'Opportun, 2011.
Comment avoir un chien sans bêtifier ?,
Chiflet & Cie, 2008.
Comment être vieux et pas con à la fois ?,
Chiflet & Cie, 2007.
Mais qui va garder le chat ?,
J.-C. Lattès, 2005.
Qui m'aimera encore quand je serai mort ?,
Belfond, 2004.
Magali, Yourcenar et moi, J.-C. Lattès, 2003.
Fan attitude, J'ai lu, Librio, 2002.

CET OUVRAGE
A ÉTÉ TRANSCODÉ
ET ACHEVÉ D'IMPRIMER
SUR ROTO-PAGE
PAR L'IMPRIMERIE FLOCH
À MAYENNE EN MARS 2012

N° d'impression : 81573
Dépôt légal : avril 2012

Imprimé en France